為美好的世界獻上祝福！9
紅之宿命
U0025956
Kadokawa Fantastic Novels

「這是在紅魔族當中
流傳的魔術式護身符。」
惠惠

「……達克妮絲，我們之前就約定好了，來幫我釘爵爾帝的小屋吧。」
阿克婭
「喂，和真，你至少把廁所窗戶的窗簾拉上吧！」
達克妮絲

「妳還記得我嗎？
我叫惠惠……」
「我不記得。」
沃芭克

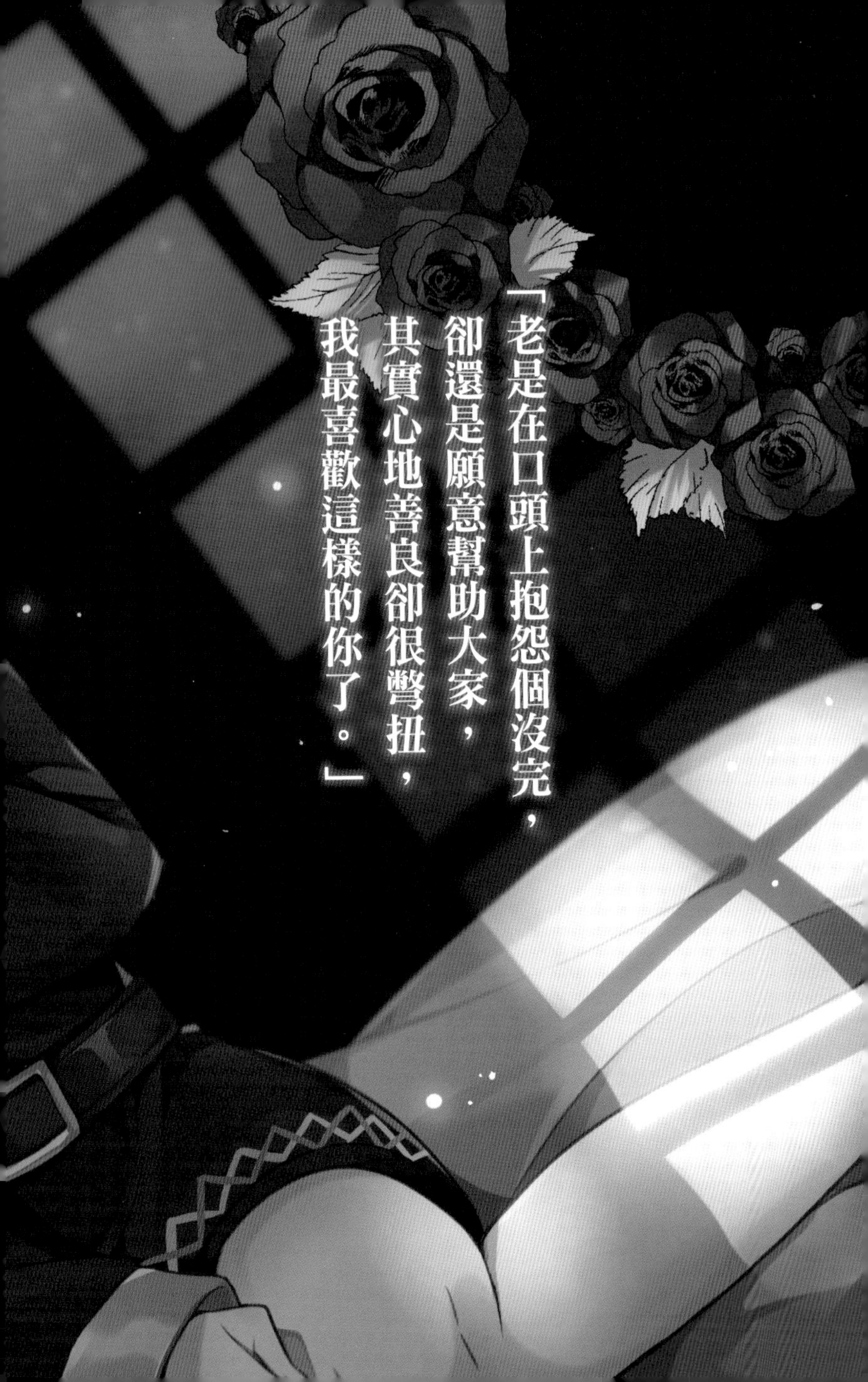
「老是在口頭上抱怨個沒完，
卻還是願意幫助大家，
其實心地善良卻很彆扭，
我最喜歡這樣的你了。」

為美好的世界獻上祝福！ 紅之宿命

CONTENTS

為美好的世界獻上祝福！ 9

紅之宿命

曉 なつめ

illustration 三嶋くろね

Kadokawa Fantastic Novels

Character
阿克婭
職業 大祭司
任誰都無法控制的水之女神。專長是宴會才藝。
和真
職業 冒險者
尼特主角。優點在於幸運值之高。
達克妮絲
職業 十字騎士
專司防禦的受虐狂女騎士。其實是大貴族家的千金。
惠惠
職業 大法師
紅魔族首屈一指的天才。只對爆裂魔法有興趣。
點仔
惠惠的黑貓使魔。
爵爾帝
阿克婭的寵物小雞。
芸芸
自稱惠惠的競爭對手。

序章

「『Explosion』————！」

隨著震盪腹部深處的爆炸聲，蹂躪一切的爆炸氣流瘋狂肆虐。

距離阿克塞爾稍遠的平原上，冒出了一個完美的隕石坑。

這下子做土木工程的大叔們又有工作了吧。

虛脫倒下的惠惠只挪動了頭部，仰望著我這麼問：

「剛才那個有幾分？」

最近獲惠惠封為爆裂品評師的我，並不想輕易給她太好的分數。

「——嗯。光看破壞力的話有九十分。但是，吹襲四周的爆炸氣流當中所帶有的熱度比起平常少了許多。這是因為妳考慮到現在是炎熱夏天，刻意壓抑了熱能。我的見解對嗎？」

聽我這麼問，惠惠的嘴角浮現了一抹笑意。

「正是如此。我覺得只是一股腦地提升威力也不太對，所以今天就試著以爆裂魔法提供涼風。吹散悶熱空氣的這一陣清風，如何啊？我覺得這足以成為阿克塞爾的夏日風情畫，當成名產大肆推廣呢。」

對於她說的話，我差不多有一半聽不懂，不過隱約可以理解那個感覺。

「加上對觀眾的關心，和那個呈現出美麗正圓形的隕石坑，今天的爆裂有九十七分！」

「非常感謝！我會精益求精！」

愚蠢的對話告了一個段落之後，我抱起倒在地上的惠惠。

接著以熟練的動作將她依然完全沒有成長的輕盈身體揹到背上。

「老是這樣麻煩你，真是不好意思。」

「真的覺得不好意思的話就多練等，把魔力上限點到妳不會倒地不起的程度吧。」

走在回阿克塞爾的路上，我對惠惠如此抱怨。

「再怎麼練等大概還是會一直這樣喔。因為我把升等的時候得到的技能點數，全都灌在爆裂魔法的威力提升上面了。」

「啥！妳這個傢伙，我還想說都過這麼久了，妳的魔力上限怎麼還是一直追不到消耗魔力，原來是妳給我這樣搞喔！我原本打算等到妳的等級夠高就不需要像這樣揹妳回家才一直忍耐，妳現在要怎麼賠我啊！」

「有什麼關係嘛。同伴之間偶爾也必須像這樣來點肢體接觸啊。」

「喂，妳沒資格說這種話吧？」

見惠惠一點也沒有反省之色，我想著要不要對她做出無法用肢體接觸四個字來打發掉的事情。

「沒想到我現在會這麼重視同伴，要是告訴還在紅魔之里時的自己，我大概也不會相信吧。」

「以現在這個狀況，我一點都沒有受到重視的感覺。」

聽我如此秒答，惠惠咯咯輕笑。

「以前的妳是怎樣的人啊？到底是哪根筋不對勁，才會開始去學爆裂魔法那種東西？」

「說我哪根筋不對勁也太沒禮貌了吧。以前的我啊……我想想……」

我背上的惠惠似乎是在回想過去，沉默了半晌之後說：

「以前的我不和任何人聚在一起，一心覺得身為天才的自己就算一直都是孤身一人也不會有問題。」

「妳從以前就是個不太正常的女生呢。」

聽了我的感想，惠惠環在我脖子上的手多用了幾分力。

「喂，是我不對！我改口就是了！也就是說妳從以前就沒朋友……痛痛痛痛！妳的等級比我高所以力氣也比我大，下手稍微輕一點啦！」

我背上的惠惠傻眼地嘆了口氣說：

「真是的，誰教你要多嘴……你想問我為什麼學了爆裂魔法對吧？」

「喔喔，對啊！照理來說，爆裂魔法也是要有人教妳，才學得會對吧？到底是哪個找麻煩的傢伙教了妳那種招數啊。」

「說我的恩人兼偶像是找麻煩的傢伙也太沒禮貌了吧……不過這個嘛……」

惠惠像是在緬懷過去似的沉思了一下。

「——等我將學會爆裂魔法這件事正式向某個人報告過之後，我再告訴你。」

說完，她開心地輕輕笑了一下。

第一章

為平穩的日子增添喜悅！

1

人類似乎有所謂的桃花期。

『今晚來我的房間好嗎？我有重要的事情要告訴你。』

……惠惠對我說的這句話，宣告了我的桃花期到來。

之前就有前兆了。

沒錯，我有發現她不時對我釋出好感。

畢竟，我既不是遲鈍型，也不是重聽型。

但是年紀比較大的我，在這種時候太猴急只會威嚴掃地。

——當天。

一如往常酷勁十足的我，像平常一樣坐在位子上準備吃晚餐。

「吶，有個值得開心的好消息！剛才我在商店街到處亂晃，結果他們說感謝祭的慶功宴上喝的酒還有剩，還說我可以帶回來！你們看你們看，這是很貴的高級酒喔！今天我要跟大家喝個通宵達旦！」

坐在我對面的阿克婭一臉得意地抱著酒瓶，向大家炫耀。

今晚有個重要的邀約等著我。

我很想大罵「妳這個傢伙還是那麼不識相」，但是又不能說出我有約的事情。

而且，酷帥的我自然不在話下，不過就是那種高級酒而已，大家一定也——

「……哦，這的確是高級品。艾莉絲感謝祭的時候我忙得不可開交，沒辦法盡情和你們一起玩。今天就辦個專屬我們自己的慶功宴吧。」

咦？

「不、不對不對，等一下啦，達克妮絲。今天我們大家都該早點睡吧。妳想想，最近事情那麼多，妳也很累了吧？」

「不會啊。祭典和領主的工作都結束了，最近沒什麼讓我覺得累的事情耶。」

達克妮絲疑惑地歪了一下頭，一邊在餐桌上擺放餐具，一邊對我這麼說。

今晚有跟惠惠說好的重大邀約。

既然如此，我哪有心情陪這些傢伙一起喝到早上啊。

「妳再想想，我每天和怪物戰鬥之類的，也很累了。今天我要早點休息。」

「你今天一步也沒離開豪宅不是嗎？每天的睡眠時間超過十二個小時的你還敢喊累，別開玩笑了。」

就在我聽了達克妮絲的精準吐嘈，正煩惱著該如何是好的時候——

「有什麼關係嘛。和真，跟我們一起玩個通宵吧。」

「什麼！」

明明是主動邀約我的惠惠，雙手端著一個看起來很重的鍋子，同時這麼說。

妳這個傢伙知不知道我是為什麼拒絕這個宴會啊！

「瞧，今天煮的是和真最喜歡的大蔥鴨鍋喔！而且這不是養殖大蔥鴨，是野生的大蔥鴨呢。富含經驗值，好吃又好賺喔。」

也不知道到底懂不懂我的心情，惠惠露出苦笑，放下鍋子。

「唔、喂，惠惠。這樣真的好嗎？妳想想，今晚不是……」

我焦急地對惠惠如此耳語，而她輕輕笑了幾聲，對這樣的我說：

「明天或後天也沒關係啊，反正我們的時間那麼多。」

這個傢伙根本不懂，她肯定什麼都不懂！

為什麼事到如今卻得暫緩啊？說了那種引人遐思的話還這樣亂搞，要是害我睡不著怎麼辦？說那種話讓我期待卻又要我等是怎樣！

「和真也太靜不下來了吧，你是怎麼了？鼻孔還張得那麼大，現在這個表情和你偶爾要去外面過夜的時候一樣喔。」

「沒沒、沒怎樣啊！我是因為今天晚上有我最喜歡的大蔥鴨鍋才會靜不下來啦！這隻大蔥鴨看起來真不錯，看來又可以升等了！」

只有在沒必要的時候直覺特別敏銳的阿克婭這麼說，害我連忙掩飾。

看著這樣的我，惠惠開心地笑了。

2

艾莉絲女神感謝祭已然結束，城鎮回到原本的日常之中。

一時之間還因為這裡是艾莉絲女神降臨之地，引發了探訪聖地的熱潮，但現在也已經退燒，頂多只會見到零星幾個這樣的人。

在這樣的情況中，惠惠主動邀我去她的房間，但老是碰到阻礙，害我感到非常困擾。

在阿克婭說要辦宴會的那天晚上之後，隔天阿克婭把惠惠帶到自己的房間去玩遊戲玩了一整晚，再隔天阿克婭又胡言亂語說什麼「我們在阿克塞爾可是一流的女生，偶爾也該來個女生聚會」地哄騙她們通宵玩樂，然後昨天阿克婭又……

……今天晚上把那個傢伙捆起來，等到早上再放開好了。

吃完早餐，我看著以充滿慈愛的眼神望著坐在她腿上的爵爾帝的阿克婭，心裡這麼想。

正當只有在泡紅茶這件事上值得稱讚的達克妮絲為了泡餐後茶端著茶壺去廚房的時候，阿克婭一臉滿足地輕輕撫摸自己腿上的小雞。

我猜她本人大概是想要像電影裡的有錢人那樣，表現出撫摸高級寵物的名流感吧，但是凶暴的小雞爵爾帝看見阿克婭對著自己伸出手，便神經質地啄著她的指尖。

「對了，惠惠從剛才開始就在忙什麼啊？看妳好像在縫某種我沒看過的東西。」

「……這個嗎？這是在紅魔族當中流傳的魔術式護身符。我們會把具備強大魔力的人的頭髮放進這種護身符裡面，然後交給夥伴。雖然只是安慰性質的東西，不過和真經常死掉，我想說送這個給他當生日禮物。」

真的是只有我一個人沒事就會死掉，但我覺得要是拿了這個好像只會多豎一根死亡旗標的樣子。

「很不錯嘛。放任何人的頭髮都可以嗎？是不是放越多頭髮越有效之類的……？」

達克妮絲在茶壺裡沖了重新煮滾的熱水之後端了回來。

惠惠一面忙著將一根自己的頭髮塞進護身符裡面，一面對這樣的達克妮絲說：

「當然是越多越好。為了打倒魔王軍而參加遠征的人拿到的護身符裡面會塞滿村裡所有人的頭髮，甚至多到會從裡面滿出來呢。如果是那種程度的護身符，可是保證靈驗到不行喔。不只可以保護持有者的人身安全，就算行李隨便亂放，裡面的東西也不會被偷，即使行李遺失了，也會立刻被送去警局，效果強大到不行呢。」

那是因為看見頭髮多到滿出來的護身符，連小偷也會覺得噁心到不敢偷，撿到的人也因為害怕會有奇怪的報應而送去警局吧。

這時，達克妮絲拔下一根長金髮。

「那麼，也幫我把這根頭髮放進去吧。不過，我的魔力不強，效果可能不太值得期待就是了。」

說著，她將頭髮遞給惠惠。

惠惠接過頭髮之後便塞進護身符裡面，隱約顯得相當開心。

「…………」

最後，大家自然而然地看向阿克婭。

一副指尖被爵爾帝啄得很痛的樣子的阿克婭察覺到我們的視線，東張西望了起來。

「……？怎麼——？難不成你們幾個不知天高地厚又毫無敬畏之心的傢伙打算要我這個女神交出頭髮嗎？聽好了，女神的頭髮這種東西呢，其神聖性以及稀少價值……」

「夠了喔，妳也識相點快交出來啦！祭典結束之後妳就有事沒事強調自己的女神身分是怎樣啊！」

「不要——！我知道了，我知道了啦不要拉我的頭髮！好痛好痛，至少用剪的剪走一根嘛，不要用拔的啦！」

我硬是拔下阿克婭的頭髮，交給惠惠塞進去。

日本也有在裡面放了毛髮的護身符，感覺大概就像那樣吧。

看著我和阿克婭苦笑的達克妮絲，在所有人的杯子裡倒了紅茶。

「那麼和真，請收下這個。反正只是安慰性質的東西，隨便塞在你的包包裡面之類的就可以了。」

「啊，好。不好意思，謝啦。」

我從惠惠手上接過護身符之後，不是收進放在房間的背包裡，而是好好收進自己的懷中。

「那個護身符放了我的頭髮一定靈驗到不行，你可要好好珍惜喔，否則小心遭天譴。」

「拿著這個應該不會讓我的智力下降，或是被不死怪物纏上吧？」

「……達克妮絲，我們之前就約定好了，來幫我釘爵爾帝的小屋吧。」

「喂，妳倒是回答我啊！光是拿著這個東西就會害我被不死怪物包圍對吧！」

阿克婭沒有要回答我的問題的意思，牽著達克妮絲的手快步走了出去。

被留在大廳裡的我重重嘆了口氣，而看著這一切的惠惠笑得非常開心的樣子。

「怎樣啦，幹嘛看著我的臉奸笑，妳在打什麼鬼主意？」

「不是啦！我沒有在想什麼奇怪的事情，也沒有奸笑！這只是普通的微笑啦！」

原本雙手捧著茶杯啜飲紅茶的惠惠如此出聲抗議，而我這才注意到現在的狀況。

最近總是有人妨礙，但現在正好只有我們兩個人獨處。

之前約好的，惠惠說要告訴我的重要事情，不知道是什麼。

「你怎麼突然默不吭聲？是不是只有我們兩個獨處讓你很緊張啊？」

惠惠像是看穿了我的心思，語帶調侃地這麼對我說。

這是怎樣，心裡七上八下的只有我一個嗎？

在這麼大的空間裡只有我們兩個獨處這件事，也只有我一個人在意嗎？

「我只是很在意惠惠之前說的話而已。就是妳說有事情要告訴我的那句話。要說在意，

我也不是真的那麼在意啦。我並沒有抱持什麼奇怪的期待，妳之前也有好幾次像這樣賣關子賣了半天，最後卻讓我大失所望。」

我以拔高的聲音連珠炮似的這麼說，而惠惠只是把茶杯湊在嘴邊，對著這樣的我咯咯笑了起來。

不過是這樣而已，我的臉卻不明所以的熱了起來。

我是怎麼了，是因為惠惠從以前就不時會對我釋出好感，我才會這麼在意她嗎？

可惡，我應該不是這樣的男人才對啊。我、我才不是會被這種小蘿莉玩弄於股掌之間的男人呢……！

沒有理會我的內心糾葛，眼神有點游移的惠惠說：

「我想告訴和真的事情，其實是……」

就在惠惠說到這裡的時候——

「惠惠，抱歉！跟我來一下，阿克婭在叫妳！她說我太笨手笨腳了派不上用場，要我和惠惠交換……！阿克婭還說『我不是叫妳來破壞小屋的耶！我是叫妳幫忙我釘小屋耶！叫惠惠來交換，達克妮絲去陪閒著沒事的和真，別讓他來妨礙我！』這樣……」

說著，一臉快要哭出來的達克妮絲從門口衝了進來。

……該怎麼說呢，時機真是太不剛好了。

不對，該算是很剛好嗎？

「話說，說到製作的工作應該是輪到我出馬才對吧？我可是具備鍛造技能的專業人士耶，為什麼她要找惠惠啊？」

「不，我也這麼說了，但她說，交給和真的話肯定會做出什麼多餘的事情。她還說，因為你很有可能把爵爾帝的小屋搭成烤箱或爐灶的形狀。」

她很了解我嘛。

「那我過去一下。達克妮絲就幫忙照顧一下和真吧。」

「喂，照顧是什麼意思啊，說反了吧，喂！」

聽我這麼抗議，惠惠一面笑得很開心，一面走了出去。

嗯……這是怎樣啊？

總覺得我還是被她玩弄於股掌之間。

達克妮絲看著我和惠惠這樣的互動……

「…………喂，和真。你和惠惠之間是不是怎麼了？」

突然間，真的是非常突然地這麼問我。

要說是不是怎麼了嘛，目前她也只有向我道謝，還有語帶調侃地說喜歡我罷了……

這個嘛，以結論來說的話就是——

「沒怎樣啊。」

「怎麼可能沒怎樣！如果沒怎樣的話，惠惠那個態度是怎樣！我聽阿克婭說了喔，你最近幾乎每天晚上都去惠惠的房間玩。你之前在紅魔之里的時候還打算對惠惠動手動腳，我看你應該已經和她怎樣了對吧？」

她劈頭就全盤否定了我的說法。

「我之前就有這種想法了，妳們到底把我當成怎樣的人啊？小心我受夠了，對妳用『Steal』偷到妳真的哭出來為止喔，混帳。我沒說謊。我不知道妳說的怎樣是什麼意思，但至少妳所想像的那些事情都沒發生過。」

聽我這麼說——

「……我說的怎樣，就是……那樣啊……你是明知道卻想逼我說出口嗎？就是……你和惠惠……就是，接吻啊……摸她的胸部之類……！」

達克妮絲紅著臉，害羞地這麼回答。

這個傢伙羞恥心的標準究竟在哪裡啊？還是一樣難懂。

「不，我既沒有吻過她也沒有碰過她的胸部。別誤判我的為人了。好好看著我的眼睛，這看起來像是說謊的男人的眼睛嗎？」

說著，我直視達克妮絲。

看著我澄澈清明的眼睛，達克妮絲漸漸顯得不知所措了起來。

「……唔。這個嘛，你的眼睛很混濁，但是看起來……不像在說謊……抱歉，看來你們確實是沒怎樣。不是啦，只是因為看到惠惠那個態度，實在無法讓我不覺得你們之間有怎樣……沒什麼，忘了這件事吧。真的很抱歉……」

達克妮絲顯得相當羞赧，聲音越來越小。

然後，她像是想要重新振作起精神似的當場站了起來，雙手抱胸，像是在強調自己的胸部一樣。

「最近我總覺得你和惠惠的狀況不太對勁，所以才擔心你們兩個是不是終於跨越了最後一道界線。」

說著，達克妮絲大步走向沙發，坐了下來。

然後在自己的杯子裡倒了紅茶。

只見達克妮絲像是放下了心上的大石，安心地喝著那杯茶。

我帶著一點被她亂批評一通的微慍，脫口這麼說：

「真是的……沒經過人家同意就突然親過來的傢伙沒資格說我啦。跟妳這個超級變態大

小姐比起來，我根本是普通人。」

聽我這麼說，達克妮絲噴出一大口紅茶。

「妳……！妳搞什麼啊，噴得我滿身都是紅茶耶！」

我連忙脫掉被噴滿紅茶的上衣，拿起來狂甩。

「咳呼！咳！咳哈……！」

嗆到的達克妮絲站了起來，拿手帕摀著嘴同時說：

「你、你這個傢伙！突然說這是什麼話啊，你就沒別的話好說了嗎！竟然如此失禮地信口胡謅……！信口胡謅……無憑無據就信口胡謅…………」

達克妮絲一開始還帶著怒氣纏著我不放，聲音的音調卻越來越低。

或許是因為她自己心裡也有底吧，原本嚴重嗆到，淚眼汪汪地瞪著我的達克妮絲，將視線轉到一邊去。

「哦，看來妳也是心裡有數嘛，超級大變態。妳這個傢伙平常沒事就一邊喘氣一邊做出奇怪的舉動！而且明明經常冒出一些不能讓小朋友聽到的發言，在事到臨頭的時候卻又畏畏縮縮的，妳這個遜咖大小姐！哦，怎麼啦？喂，有話想要反駁我就說啊，我洗耳恭聽！」

我模仿某人的口頭禪這麼說，害得達克妮絲重重跌坐在沙發上，雙手掩面。

她的肩膀不住抖動，大概是因為害羞吧。

不久之後，達克妮絲將手從臉上挪開，從底下露出儘管有點紅，卻和平時沒什麼兩樣的冷靜表情。

換作是之前，被我說成這樣之後，達克妮絲都會哭喪著臉逃回房間，把自己關在裡面。看來她過了這麼久也稍微有點成長了。

達克妮絲若無其事地將紅茶拿去回沖之後喝了茶，喘了一口氣。

「是我不對。我不應該誤以為你會性騷擾的，我道歉。然後，我發誓，今後我會表現得更淑女一點……所以，請你原諒我吧。」

「好、好啦……我也說得太過分了。我們和好吧……」

原本只會哭著逃跑的達克妮絲多了新招呢。

「對了，有寄給你的東西喔。就是放在大門旁邊的那個箱子。」

試圖藉著喝茶掩飾害羞的達克妮絲在喝了不知道第幾杯紅茶之後，為了轉移話題，對我這麼說。

她佯裝平靜，但是精神上大概還沒平復吧。

「哦，那些東西已經寄到了啊。我最近吃的都是充滿一大堆經驗值的奢侈料理，等級也提升了不少，所以添購了更有資深冒險者風範的新裝備……話說回來，妳喝那麼多紅茶小心一直跑廁所喔。」

「你、你這個傢伙一定要這麼沒神經嗎……」

達克妮絲以懷恨在心的眼神看著翻找箱子裡的東西的我，而我接連從箱子裡拿出輕量卻堅固的手甲和護腿、護胸等裝備。

「喔，就是這個就是這個，感覺很不錯呢！」

說完，我從箱子裡拿出的最後一樣東西，是一條纜線。

——有一種技能叫作「Bind」。

這是我最近的主力技能。一旦成功拘束住目標之後，只要纜線夠硬，就能夠讓任何對手失去戰鬥能力。

拘束的成功機率似乎取決於使用者的運氣，正是最適合我用的技能。

之前我用的是特別訂製的鋼鐵纜線，然而不只是叩石橋而渡，而是謹慎到敲壞石橋再蓋一座新的之後才肯過的我，這次訂製了目前硬度最高的一種纜線。

以祕銀合金製成的這種纜線，是連靈體也能夠束縛住的優質產品。

對於拿著纜線，露出大大的滿意微笑的我——

「那該不會是拘束技能用的纜線吧！而、而且看那種反光……！難不成那是祕銀製的纜線嗎！」

看見特製纜線的變態，紅著臉興奮地大喊。

以羨慕的眼神看著纜線的變態，最後帶著通紅的臉色忸忸怩怩了起來。

「那個……和真，對於拘束技能我也算是小有研究。如何，你要不要試試看你特別訂製的纜線啊？應該說，我還沒接過你的拘束技能呢。身為小隊的一員，掌握隊友的技能的威力也是理所當然的事情對吧！」

變態一面這麼說，一面交互瞄著我的臉和纜線。

「妳剛才說今後要表現得更淑女一點那句話不算數了嗎？而且，如妳所見，這是用來拘束超強的大咖怪物的東西。如果妳想體驗我的拘束技能，不如去雜物間還是哪裡找條比較細的繩索……」

說著，我正準備去大廳旁邊的雜物間裡找繩索出來的時候……

「不，我就是要那個！……不對，用那個就好了。你說那是用來拘束大咖怪物的東西，不過如果那條纜線連我一個人都無法拘束的話，對付大咖怪物的時候真的派得上用場嗎？不，當然派不上用場。所以你就用那個拘束我看看吧。」

如此阻止我的變態，帶著像是在期待什麼的雀躍眼神，紅著臉這麼說。

話是這麼說沒錯，但是就連品質劣於這個的鋼鐵製纜線都足以拘束多頭水蛇那種大咖了，事到如今也沒有試用這個的必要了吧。

然而，變態還沒等到我的回答，就已經一臉高興地在大廳裡站了起來。

「……話說回來，妳剛才說妳就是要這個對吧？」

「我沒說。」

「不，妳確實說了。」

「我沒說……那種小事不重要啦，快點動手，你讓我看到那麼耐用又堅硬又沉重的纜線，現在才想說我沒得用嗎！」

眼見那個變態非但已經不打算掩飾還惱羞成怒，我不得已地站了起來。

以雙手拉緊纜線，確認過強度之後，我轉向達克妮絲。

順道一提，因為把濕掉的上衣脫掉了，現在我身上只有一條短褲。

相對的，達克妮絲則是穿著讓身體曲線一覽無遺的輕薄襯衫和窄裙，與其說是大小姐，還比較像是日本的女性上班族打扮。

客觀看來，這個畫面相當引人非議。

見我打赤膊拉著纜線，達克妮絲突然不知所措了起來，臉色變得更紅了。

「唔……喂，和真。你至少穿件衣服吧。想到等一下要被這個模樣的你綁起來，我就覺得自己好像在做什麼非常不應該的事情……」

「事到如今妳在說什麼傻話啊。」

面對在很多方面已經病入膏肓的變態，我毫不客氣地伸出拉著纜線的手。

「妳這個傢伙太麻煩了，我決定灌注大部分的魔力，將拘束時間拉到長得不得了，然後將妳這個從剛才開始的發言全都蠢到不行的傢伙丟在一旁不管。」

「啥！用那條堅固的纜線將本小姐緊緊綁住還不夠，你還想把我丟在地上嗎！嘴巴呢？不用把我的嘴巴堵起來嗎？要是我因為被綁得很痛而大聲哭喊的話你要怎麼辦！」

「不怎麼辦。」

看來我們隊上的變態今天依然狀況絕佳。

還是快點把這個傢伙綁起來丟在地上，去看一下阿克婭她們的狀況好了。

應該說，去鬧她們一下好了。

我對著達克妮絲舉起纜線。

「『Bind』——！」

在如此大喊的同時向前伸出手！

經過這番舉動，我手上的纜線朝達克妮絲「咻」地飛了出去，緊緊綑綁住她的身體。

「唔……！這、這是……！唔……唔……啊啊！」

正當遭到綑綁的達克妮絲如此大聲呻吟時。

我看著被緊緊綁住的達克妮絲，無法動彈。

應該說，我是一臉茫然地看著她。

應該說，這此情此景我無法不看。

「……呼……呼……！你、你這個傢伙……！為什麼總是可以……像這樣……以超乎我的想像的方式虐待我呢……！」

不住嬌喘的達克妮絲被綁成完全只避開胸部的狀態，導致那個部位變得格外顯眼。

雙手完全遭到束縛的達克妮絲，或許是因為綑綁的威力太強了，讓她的膝蓋一軟，倒在地毯上。

從肩頭到腰部附近都被纜線緊緊綁住，以強調著胸前雙丘的狀態滿臉通紅地倒在地毯上的達克妮絲，看起來誘人到登上那種雜誌的封面也不足為奇。

這樣不行。

真的很不行。

要是看見這種狀態的達克妮絲，阿克婭和惠惠都會相當退避三舍吧。

應該說，這有點嚴重到讓人無從辯解。

我並沒有想要以強調胸部的方式拘束她，但就像我對女性使用「Steal」時都只會偷到內褲一樣，我不禁覺得我使用的技能在許多方面都有點歪掉。

我在一面扭動，一面喘氣的達克妮絲身邊蹲了下來。

「喂，妳還好嗎？該怎麼說呢，原則上我已經算是調弱拘束的力道了。」

「這……這樣叫已經調弱過了……！那個，和真……下次……我付錢。我願意付你錢，所以請你增強一點……」

聽我這麼說，達克妮絲原本還想說什麼傻話，但就在她說到一半的時候——

我感覺到有人從背後逼近。

或許是經過長期鍛鍊的感應敵人技能所發出的警報吧。

這個技能原本只能感應到怪物和對我有敵意的人。

大概是我一直以來仰賴的這項技能，告訴我這個主人危機將近。

我憑著臨危的直覺和本能，採取了動作……！

——我聽見大門敞開的聲音。

『呼～～好累喔。先休息一下好了。惠惠，辛苦妳了！』

『還敢說累，阿克婭明明只有和爵爾帝玩而已吧……咦？』

同時，阿克婭她們的聲音從門的另一邊傳了進來。

「呼……呼……呼……」

遭到綑綁的達克妮絲呼出的熱氣，噴在我的一隻手上。

『和真跟達克妮絲都不在耶。他們跑去哪裡了啊？』

惠惠疑惑地這麼說。

『根據本小姐雪亮的眼睛看來，他們應該是在其中一個人的房間玩桌遊吧。』

阿克婭也如此表示，同時又響起奔跑的腳步聲。

她大概是跑到我或達克妮絲的房間去了吧。

大廳那邊傳來陶器輕聲碰撞的聲音，所以惠惠應該是坐在沙發上喝茶。

我感受著達克妮絲的體溫，在情急之下抱著達克妮絲躲進來的狹小置物間裡，煩惱著接下來該如何是好。

人類一慌就會採取非常誇張的舉動呢。

應該說，比起在剛才的狀態下被她們發現，被她們看見現在這個狀況還要嚴重多了。

我為什麼要躲起來啊？

我又沒做什麼虧心事。

只是達克妮絲那麼要求我才這麼做的。

……不，老實說好了，看著遭到綑綁，還露出誘人表情的達克妮絲，讓我心癢難耐。

我大概是因為這樣才心虛得躲了起來吧。

沒問題，惠惠一定會明白。

達克妮絲會想被綑綁也是預料內的事情。

而我也是平常就會打赤膊，事到如今也沒什麼好大驚小怪的。

……不行，這樣肯定是出局吧。

我把臉湊到達克妮絲耳邊說：

「喂，達克妮絲。都是妳拜託我做奇怪的事情，情況才會變得這麼糟！要是我們這副模樣被她們看見了，在很多方面都會變得很尷尬，這個妳也明白吧？」

聽我這麼說，達克妮絲淚眼汪汪地不停點頭。

怎麼搞的，我覺得之前也發生過類似的事情。

啊啊，對了，是潛入達克妮絲她們家，將這個傢伙推倒在床上的時候吧。

話說回來，為什麼我會和那個時候一樣忍不住把達克妮絲的嘴巴捂住了呢？

「好，那我要思考該怎麼處理這個狀況了。我要放手嘍，不要出聲喔！」

我緩緩地這麼勸說達克妮絲，同時將摀著她的嘴的手放開……

「唔！痛痛痛痛！妳、妳這個傢伙……！幹嘛咬我的手啊，放開！會痛啦！就說會痛了啊，妳這個白痴！」

結果我正要放開的右手突然被達克妮絲咬住，於是我用左手不斷拍打她的頭，將她拉開。

「看妳幹了什麼好事！妳看看！妳在我手上留下的齒痕有多清楚！」

差點哭出來的我輕聲斥責達克妮絲……

「……我……忍不住……必須咬著東西，要咬緊牙關才行……！」

她卻說出這種像瘋狗一樣的話。

這個傢伙沒頭沒腦的在說什麼啊，可以不要再增加屬性了嗎？

她該不會是因為被逼進極限狀態，結果過於亢奮而發瘋了啊。正當我這麼想的時候——

她的臉色已經不是剛才那種煽情的紅潤。

她的臉色已經變成快要哭出來的，滿是羞恥的漲紅。

「我想上廁所……」

「我就說吧！所以我不是說了嗎！就叫妳不要喝那麼多紅茶小心一直跑廁所嘛！」

3

在陰暗而狹窄的置物間裡面。

遭到綑綁的達克妮絲紅著臉。

她紅著臉的原因，不是像平常那樣因為興奮而潮紅。

「和真……和、和真……！怎麼辦，糟糕了，這下子真的慘了！應該說，這已經糟糕到非常不妙的程度了……！」

輕聲細語地這麼說的同時，上半身被綁住的達克妮絲不住扭動，都快要哭出來了。

在狹窄的置物間裡面，我壓在達克妮絲身上，緊緊貼著她。

「誰教妳不聽我的話，一直喝茶！其實我之前就一直這麼覺得，妳其實還滿笨的對吧！妳的腦袋裡裝的也是肌肉嗎？妳這個傢伙的腦袋有時候真的和阿克婭差不多笨！」

聽我低聲這麼說，達克妮絲咬緊牙關，以怨恨的眼神瞪著我。

看起來像是有話想說，但現在沒有那個閒工夫的感覺。

話說回來，我繼續在這裡和她爭辯也無濟於事。

「沒辦法……既然事情已經變成這樣了，還是趁現在離開這裡，告訴她們實話吧。惠惠不是妳這種衝動沒耐性又愚蠢的傢伙，說明清楚她就會懂的。這種時候還是趁早出去被她們找到，傷害才會比較輕微。」

「我很想徹底和你談談你對我的看法，不過先等一下。那個……我想你應該不知道，不過我和惠惠在只有我們兩人相處的時候，聊過很多事情……總之，現在讓她看到我們這副模樣很不妙，再、再等一下吧！」

是怎樣啦，妳們在我不在的時候到底聊過什麼啦？

這麼說來，我記得惠惠也說過，她和達克妮絲在只有她們兩個的時候聊過很多有關我的事情。

「……真拿妳沒辦法。只能再等一下喔！」

「喂，找個東西塞進我的嘴裡給我咬。我會咬緊牙關忍下去！」

明知道看起來會真的非常不妙，我還是拿了一條手帕給達克妮絲咬。

在陰暗的置物間裡靜靜等待。

我記得阿克婭和惠惠剛才是說休息一下。

既然如此，只要等下去，終究會等到她們休息完到外面去的時候才對。

置物間的外頭，又響起了某個吵死人的傢伙乒乒乓乓的跑步聲。

『不在耶。不只從之前的感謝祭結束之後到今天，終於發揮了尼特本色轉職為廢人的和真，就連我叫來陪他的達克妮絲也不在耶。』

那個傢伙最好給我記住，我半夜就去改造那個雞窩。

我最近確實每天都只有在家裡滾動沒錯，不過竟然敢叫我廢人，真是好大的膽子。

『他們兩個到底是怎麼了？閒得發慌的和真如果漫無目的跑出去外面閒晃是不足為奇沒

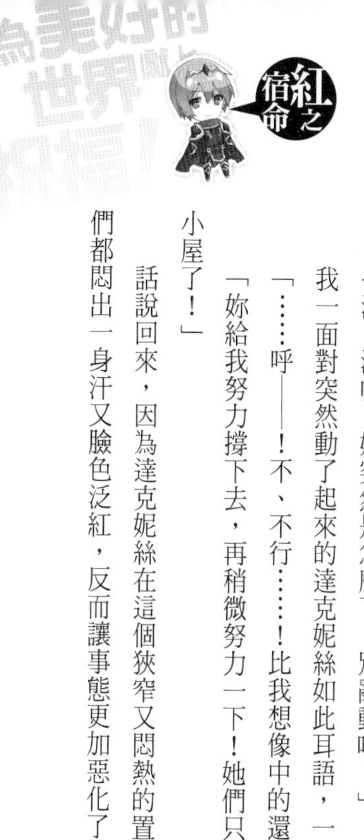

錯，但是連受託照顧和真的達克妮絲也沒有說一聲就不見人影，這也太奇怪了……』

在她們的心目中，我是那麼不負責任，遊手好閒的人嗎……

……就在這個時候──

「……！…………！」

達克妮絲像是想要表達什麼似的輕聲呻吟。

仔細一看，一方面應該也是因為在這個狹小的置物間裡面一直忍耐著吧，開始渾身冒汗的達克妮絲的狀況變得越來越煽情，呼吸也變得急促。

一顆汗珠沿著她的頸項滑落。

在密室裡面變成這種狀態真的不是鬧著玩的……唔喔！

「混、混帳！妳突然是怎麼了，別亂動啦！」

我一面對突然動了起來的達克妮絲如此耳語，一面拉開堵住她的嘴的手帕。

「……呼──！不、不行……！比我想像中的還要難熬……！」

「妳給我努力撐下去，再稍微努力一下！她們只是進來休息一下而已，馬上就會回去釘小屋了！」

話說回來，因為達克妮絲在這個狹窄又悶熱的置物間裡面有一搭沒一搭忍耐的緣故，我們都悶出一身汗又臉色泛紅，反而讓事態更加惡化了。

「我不是說了嗎！所以我不是說了嗎！我不是說要出去的話還是趁早行動比較好嗎！」

「抱、抱歉……！可是……可是……！」

達克妮絲似乎還有話想說，但我認為多說無益，便將手帕硬是塞回她的嘴裡。

如果是剛才的話也就算了，我不能讓現在這個狀態的達克妮絲到外面去。

她的襯衫緊緊貼在汗流浹背的肌膚上，這下就算能夠讓她們理解我們之間沒怎樣，光是我監禁了這種狀態的達克妮絲便足以讓她們輕蔑我了，事情就是嚴重到這種程度。

我好不容易才和惠惠快要有點進展了，哪能被這個蠢蛋搞破壞啊！

正當我這麼想的時候，達克妮絲一副已經無法再忍耐下去的樣子，為了將壓在她身上的我彈開然後衝出去而激烈掙扎了起來。

而我連忙從上面壓制住達克妮絲，並且在她耳邊說：

「喂，妳給我安分一點！只要妳忍耐下去，事情就可以圓滿收場。事情一開始就是因為我說什麼話妳都不聽才會這樣，是妳不對！給我乖乖待著別動！」

聽我這麼說，達克妮絲像是放棄了一切，目空一切地閉上了眼睛。

喂，別這樣，不准閉上眼睛，之前我潛入妳們家的時候也是，妳這個傢伙在碰上這種狀況的時候未免也放棄得太快了吧！

要是被她們看見這個狀況的話真的不是鬧著玩的，所以我拉出達克妮絲嘴裡的手帕，然後說：

「喂，別這樣，不准閉上眼睛！聽好了，我說明給妳這個笨蛋聽。要是在這個狀況下衝出這裡的話，我們和大家的關係肯定會變得很尷尬。妳想想被阿克婭看見了會變成怎樣，她一定會興高采烈地去公會對大家這麼說：『不得了了——！打赤膊的和真跟被綁住的達克妮絲窩在置物間裡，兩個人都滿身大汗！至於發生了什麼事就任憑各位想像了！』之類。」

「嗚嗚嗚嗚…………」

聽著達克妮絲欲哭無淚的呻吟，我為了冷卻快要熱昏的腦袋，以僅剩的魔力施展了「Freeze」。

儘管以羨慕的眼神仰望可以在悶熱的置物間裡以魔法享受涼意的我，達克妮絲卻沒有開口要我也對她施展。

看來她也很清楚，在這個狀態之下受寒有多危險。

這時，達克妮絲邊扭動邊說……

「……吶、吶，和真……明明是在這種時候，我卻開始覺得被迫憋尿的這個狀況有點開心，這樣是不是很奇怪啊？」

「好，妳還是盡可能閉嘴吧。最好是不要說話。」

我加強語氣怒罵這個無可救藥的變態，這時置物間的門外傳來這樣的對話。

『怎麼——？惠惠，那種護身符妳還想做幾個啊？該不會是想要塞到和真的行囊鼓起來吧？』

看來，惠惠又在縫別的護身符了。

『不是啦，這些是大家的份。這個是阿克婭的，這個是我的……然後達克妮絲總是以身為盾保護我們，所以我要把這個縫得最牢靠的護身符給她。』

聽見惠惠這番令人動容的話語，原本還在扭動的達克妮絲忽然不動了。

……在這一刻，我和達克妮絲似乎有了共識。

那就是——不能讓惠惠因為看見這個狀況而失望，唯有這件事我們無論如何都要避免。

達克妮絲對壓在她身上的我耳語：

「……喂，你能不能想個辦法解決這個狀況啊？很會臨機應變不是你的強項之一嗎？你有沒有什麼好點子？」

妳在這種狀況下說那種話我也沒輒啊。

在空間勉強可供兩個人坐下的置物間裡面，我試著尋找有沒有什麼可以用的東西。

……於是，我找到某樣東西。

看來我的運氣很好是真的！

「達克妮絲，好消息，我找到一樣好東西！這樣就可以解決最大的難題了！」

說完，我興高采烈地把那個東西拿給達克妮絲看！

是果汁瓶。

「……！……！」

「住、住手，住手啦！不要不發一語地對我頭鎚！」

看來她對於我拿給她的小瓶子不太滿意。

「嘖……問我有沒有什麼好點子的明明就是妳自己。真是的，只有自尊心特別強的千金大小姐就是這種時候最難搞了……」

我不經意地這麼說，惹得達克妮絲猛然抬起頭來。

「喂，等一下，你這個傢伙剛才說什麼？我之所以拒絕並不是出自身為貴族的自尊心！我是女人耶！這是身為女人的自尊心！這是生而為人不應該放棄的部分才對吧！有哪個世界的人會用這種東西解放啊？你說啊，你這個大變態！」

「在我原本待的國家從事保護自家的工作的人當中，有部分強者就會在無法離開崗位的時候用一種類似這個的，叫作寶特瓶的東西來解放喔。」

「！」

相較於我們這一連串愚蠢的對話，在門的另外一邊……

『——吶、吶，惠惠。妳在縫那個的時候看起來好開心喔。看著這樣的惠惠，讓我覺得妳好窩心喔。』

阿克婭悠哉地這麼說。

『我很開心啊。這個護身符是一種祈願。希望大家可以一直在一起，不會少掉任何一個人……我一直都很感謝阿克婭喔，我們要一直在一起喲。』

『惠……惠惠！妳真是……真是太讓我感動了！我知道了，反正我回不去天界，就丟下女神的工作在這裡過開心的生活吧！錢的問題有和真會幫我們解決！狂歡吧！我們大家一起奢侈地開心狂歡吧！』

『阿克婭又在說女神怎樣，天界又怎樣的了。也罷，只要能夠和大家在一起，我是不覺得怎樣啦……』

正當大廳進行著如此有點開心又溫馨的對話時——

「——再說了，我之前就一直這麼覺得，妳這個情色貴族！明明就靠那個引人遐想的肉體到處散布誘惑男人的女人味，說來說去卻還是很守身如玉到底是怎樣！悶出一身汗卻又在

奇怪的時候害羞！妳是怎樣？要走變態浪女路線還是純情少女路線倒是說清楚啊！明明滿心肉慾卻還是處女到底是怎麼回事啊，妳這個半調子！」

「好，雖然我不喜歡行使貴族的權力，不過你這個傢伙另當別論！我要以侮辱貴族之罪判你死刑，將你處以極刑！」

不久之前還屈身趴在置物間裡面的達克妮絲，現在仍然處於雙手遭到綑綁的狀態之下，在狹小的空間當中仰躺著。

她維持著這個姿勢，對著在狹小的空間當中無處可逃的我不斷踢了好幾腳。

「試試看啊！有本事妳就試試看啊，大小姐！打不贏最弱職業冒險者的十字騎士小姐，和我一對一決勝負的話會打不贏，所以就想跑去依靠妳的父親大人的力量啊，拉拉蒂娜大人真是太帥氣啦唔啊！」

「好樣的，等她們兩個出去外面了我們就來決鬥，我要宰了你！」

「竟敢動粗，貴族千金居然用腳踢我的臉，這麼沒規矩，到底是接受怎樣的教育啊！不愧是大小姐啊，遣詞用字也不一樣呢！」

「啊啊！住、住手！別壓我的肚子！要是我在這種地方忍不下去了，你也無法置身事外吧！」

儘管事態如此緊急，我們還是忘了這個狀況，輕聲吵著架。

相較於在大廳和樂融融地對話的兩人，更顯示出我們兩個有多沒度量。

『——吶，妳不覺得好像哪裡有傳出乒乒乓乓的聲響嗎？』

『是嗎？我什麼都沒聽見耶。先別說那個了，我們差不多該回去釘小屋了吧。我們在晚餐以前把小屋完成，今天吃燒肉如何？到時候他們兩個應該也回來了吧。』

『好耶！夏天就是烤肉的季節，我也想喝冰到透心涼的深紅啤酒！等他們兩個回來了就叫他們準備晚餐！』

兩人一面和樂融融地這麼說，一面再次離開豪宅。

然後……

「妳這個只有身材可取的肉盾竟敢瞧不起我，我要讓妳知道自己的存在意義是什麼！」

「試試看啊！你這個在關鍵時刻就會退縮的沒膽男人，有種就試試看啊！」

我和達克妮絲連原本的目的都忘得一乾二淨，在阿克婭和惠惠離開之後，還是待在置物間裡吵架。

——我上氣不接下氣地將達克妮絲從置物間裡拖了出來，然後才好不容易撐著她站了起來。

「可惡，在愚蠢的事情上花掉太多時間了……我們到底在幹嘛啊……夠了，看妳是要去上廁所還是怎樣快點去吧……呼啊～～累了，我要回房間去睡午覺了。」

達克妮絲瞥了一臉疲倦的我一眼。

「真是的，我才想說你浪費掉我的時間呢。要睡就去睡吧，你這個懶惰鬼。去上完廁所之後我也要乖乖待在自己的房間裡，等到你的『Bind』失效。說好了喔，等到『Bind』失效了，到時候你一定要認真和我一決勝負。讓你這樣一直瞧不起我下去我會非常不爽。」

最後撂下這麼一句話，上半身依然遭到綑綁的她便踩著小碎步，朝著廁所走去了。

……真是的，那個女人是怎樣啊。

真想叫那個傢伙向懂事的惠惠好好學習學習。

我目送達克妮絲慢步前往廁所之後，自己也走向二樓的房間。

總算在自己房間的床上躺平，因為度過剛才的危機而鬆了一口氣時，我聽見有人用力敲打我的房門的聲音。

……應該說，是狂踹房門的聲音。

我心想不知道是怎麼回事，打開門之後，一臉狐疑地看著站在門外的人。

站在門外的是一臉困惑，看起來快要哭出來的達克妮絲。

她是對剛才的事情耿耿於懷，來為此道歉的嗎？

我和自視甚高的這個傢伙一天到晚都在吵架，也不需要現在才來道歉吧……

正當我這麼想的時候，達克妮絲磨蹭著雙膝，忸忸怩怩地說：

「抱、抱歉，和真……先生……那個，我的手動不了，所以沒辦法開廁所門……」

第二回合開始！

4

距離我的房間最近的廁所在二樓。

如果是這裡的話，即使惠惠或阿克婭突然跑進來，從大門過來也有一段距離，應該還有辦法輕鬆應付才對。

「快、快點快點，動作快！不行了，我真的快不行了！」

一臉快要哭出來的達克妮絲如此催促我。

動作快的意思，應該是要我趕快打開廁所的門吧。

……剛才她才和我大吵了一下，所以我想再稍微逼迫她一下。

「是什麼事情怎樣快不行了，妳倒是說清楚講明白啊。」

在廁所的門前忸忸怩怩的達克妮絲這麼說。

「你你你你你、你這個……你這個傢伙……！居然在這種時候來這招，你這個傢伙未免

也投我所好了吧……！夠了，是我不對！算我不對就是了，請幫我開門吧！我現在真的沒有那個閒情逸致這樣玩了！」

她一臉真的隨時會哭出來的表情，呼吸也微妙的急促。

「真拿妳沒辦法。啊啊，可是等妳解放完之後就要跟我決鬥了耶……好討厭喔，一想到這件事，打開這扇門的手就是會不聽使喚……」

達克妮絲盯著不斷找她麻煩的我……

「…………嗚嗚…………」

「抱歉，是我不對，妳別哭！喂，太奸詐了，女生用哭的太奸詐了！」

見達克妮絲掉下一顆斗大的淚珠，我連忙打開門。

但是……

「……算了。我要直接解放，然後向惠惠和阿克婭哭訴。」

「抱歉！真的是我不對！我太得意忘形了！我道歉就是了，請妳原諒我吧！」

達克妮絲說出非常不得了的話，這次換我哭喪著臉，從已經打開的門前退開。

兩手依然被綁著的達克妮絲走進廁所之後，我關上門，嘆了一口氣。

這樣就沒問題了。

「唔……喂，和真，內褲！怎麼辦，我沒辦法脫內褲！啊啊，可惡，這……這下到底該怎麼辦才好……！」

廁所裡傳出達克妮絲的哭聲。

我的天啊，我現在有了名為緊急事態，不會對不起任何人的正義大旗了。

「好，我知道了包在我身上，我來幫妳脫內褲。」

說著，我再次打開門，而達克妮絲驚慌失措地對我說：

「喂，等等，你等一下！……嗚嗚，可惡，沒辦法了……喂，和真，你至少把廁所窗戶的窗簾拉上吧！這樣把廁所弄暗之後總該……！」

原來如此。

可是……

「我實在不該學千里眼技能的，真的是非常抱歉……」

「啊啊啊啊真是的，你這個傢伙怎麼會那麼方便啊！就是這樣才可以在緊要關頭一直一直都那麼可靠，謝謝你！」

完全陷入恐慌狀態的達克妮絲莫名其妙的邊哭邊自暴自棄地向我道謝。

這下真的已經瀕臨極限了吧。

這時，達克妮絲的臉色一亮，似乎想到了什麼。

「用『Steal』！和真，隔著廁所的門對我施展『Steal』吧！你那招帶有性騷擾色彩的

『Steal』應該只偷得到我的內褲才對！讓你看見我的內褲已經無法避免了，這樣總比叫你把手伸進我的裙底，拉下我的內褲好多了！」

原來如此，這是個好主意。

可是……

「剛才我近乎全力對妳施展了『Bind』，又在置物間裡用了『Freeze』，所以我的魔力已經完全用光了。」

「把我剛才說你『在緊要關頭一直都那麼可靠』的那句話還有我的感謝還來！真是夠了，真是夠了，真是夠了…………！」

最後，我們採取的方式是由我稍微幫達克妮絲把內褲往下拉，她再用牆壁自己想辦法脫掉。

窸窸窣窣的聲音讓我非常好奇，不過我應該不需要繼續待在這裡了吧。

正當我準備離開現場的時候——

「和、和真！和真，在你離開之前先等等！出、出不來……！怎麼辦，出不來……！」

達克妮絲痛苦地這麼說。

不，這種事情跟我說也沒用啊。

是憋太久造成身體異常了嗎？

無論如何，我現在能夠做的事情也只有這樣了……！

我當場以輕快的節奏拍著手。

「加油、加油，達——克妮絲。加油、加油，達——克妮絲。」

「笨蛋，你為什麼老是這樣啊！是紙啦！衛生紙卡在捲筒上出不來！」

啊啊，原來是這樣啊，說清楚嘛。

這個世界的衛生紙，使用的是破布或粗糙的草紙。

紙本身在這個世界就已經不便宜了。

衛生紙這種東西更是只有少部分有錢人才會用。

就算我幫她抽出衛生紙好了，無法使用雙手的她到底想怎麼辦呢？儘管心裡這麼想，我還是對著裡面呼喊：

「那我要打開嘍——！」

「你到底想打開什麼東西啊？」

不知不覺間，惠惠和阿克婭已經站在廁所的入口了。

「——真是的，你們很笨耶……我們都在一起相處這麼久了，事到如今看到那種狀態也不會誤會什麼了啦。」

我只是大略說明了一下，惠惠便理解了一切，沒好氣地這麼說。

真希望另外兩個人可以學習一下她的理解力和知性。

看著這樣的惠惠，達克妮絲整個人縮在一起，畏畏縮縮地說：

「嗚嗚……太丟臉了……」

這時，惠惠她——

「而且啊。」

對達克妮絲還有阿克婭遞出了護身符。

「而且，像這樣每天莫名其妙地搞得人仰馬翻的，也比較有我們的風格啊。」

然後這麼說，露出看起來非常開心的笑容。

在她的影響之下，達克妮絲和我也自然露出笑容……

在如此和諧的場面之中，依然沒想過要識相點的阿克婭一句話就讓現場氣氛降到冰點。

「對了，最後有來得及嗎？」

關於這點，我也很好奇。

5

當天晚上。

「還不來嗎……」

因為惠惠說今晚會來找我，所以我在自己的房間裡迫不及待地等著她。

我砸了大錢，買了很貴的酒送給老是來礙事的阿克婭。

至於達克妮絲，我特地買了高品質的瑪納礦石，對她使用超強力的「Bind」，把她丟在自己的房間裡面。

她一面大叫著「我到底要為了這招付多少錢給你才夠啊」之類的鬼話，還紅著臉在地上蠕動，照那個樣子看來應該一直到早上都動彈不得了吧。

就在我坐立難安地等著惠惠的時候，一道低調的敲門聲響起。

「和真，你在嗎？」

「在在、在啊！請請請請進！」

我的聲音因為太過緊張而拔高，而惠惠似乎也一樣。

也不知道是用來代替抱枕還是要怎樣，惠惠將動也不動，任憑她處置的點仔抱在胸前，才剛走進房間就緊張地吞了口口水。

「你、你好……這麼說來，我還是第一次在這種時間來和真的房間呢。」

「是、是啊！明明都已經生活在一個屋簷下超過一年了！」

惠惠並沒有劈頭就進入正題，在我的房間裡東張西望。

對我房間裡的東西有興趣是無所謂，但要是出了什麼差錯可能會不小心被她看到那個，所以真希望她不要去碰放在衣櫥上的東西。

這時，顯得有點坐立不安的惠惠低著頭，默不作聲。

我們彼此都有點尷尬，暫時沉默了半晌。

「我之所以在這種時間來到你的房間，是為了之前就說過想告訴你的那件事情……」

終於，惠惠下定了決心，抱著點仔的手也多用了幾分力。

也不管點仔因此被勒到虛脫，臉已經紅到耳根子去，連眼睛都發出紅光的惠惠開了口……！

「我想告訴你的事情就是……」

「妳想告訴我的事情就是……！」

我吞了一大口口水，忍不住把臉湊了過去。

「太太太、太近了啦，和真！請你等一下，用不著這麼猴急啦！」

「我才沒有猴急呢，應該說距離不重要啦，快點繼續說下去！」

聽我這麼催促她。

「我想告訴你的事情就是……沒、沒錯！是、是關於這個孩子的事情！」

惠惠如此表示，然後將她抱在手上的點仔朝我遞了出來……

「……咦？」

「關於這個孩子的真實身分，我想先告訴和真一個人！」

等等……！

「不對吧，都這種時候了，妳這個遜咖在說什麼啊！妳們幾個動不動就說我是遜咖、膽小鬼、魯蛇什麼的，結果妳自己還不是大遜咖一個！」

「我、我才沒說過那個什麼蛇的呢！而且我想告訴你的，真的是有關這孩子的事情！」

「騙子！惠惠是騙子！妳明明就是想來找我甜言蜜語的才對吧，讓我這麼期待居然還見風轉舵是怎樣啊！」

滿臉通紅的惠惠惱羞成怒地將點仔遞了出來。

「我一直瞞著大家，其實這個孩子不是普通的貓。」

「我知道啦！畢竟我看過那個傢伙吐火也看過牠飛啊！」

「……你在說什麼啊？這個孩子雖然不是貓，但是再怎樣也沒噴過火或是飛起來喔。」

「我之前就一直在說了，我真的有看過啦！住手，不准用那種憐憫的眼神看我！夠了，現在不是說那種事情的時候啦！」

沒錯，惠惠的愛意比身分成謎的貓重要多了。

「快點，妳應該還有別的事情想告訴我吧？快點鼓起勇氣說出口吧！」

「嗚嗚……」

惠惠一點一點朝房門後退，我也同樣一點一點逼近。

「快點，說出來啊！應該說妳根本已經算是說了一半了吧！妳明明就一下子說喜歡我，一下子又說愛我的不是嗎！」

「我還沒說過愛你好嗎，請不要擅自擴大解釋！」

被我咄咄相逼的惠惠，或許是因為情緒太過激動了，閃著紅光的眼睛變得比通紅的臉色還要紅，一副欲言又止的樣子。

最後，惠惠將她抱在手上的點仔用力塞給我。

「你明明白天才跟達克妮絲做過那種事情，也太沒節操了吧！今天你就先跟這個孩子一起睡吧！」

略顯惱怒的惠惠拋下這句話之後，便衝出我的房間。

那個傢伙白天還說得一副毫不在乎的樣子，其實還是有點在意嗎？

她剛才說今天先跟這個孩子一起睡，我可以當成是有一天可以跟這個傢伙以外的人一起睡的意思嗎？

不對，應該說……！

「結果又賣關子賣成這樣了嘛啊啊啊啊啊啊啊啊啊！」

第二章 讓一成不變的冒險者們得以成長！

1

「…………………」

阿克婭抱膝坐在柔軟的地毯上看著我。

這個傢伙從一大早就這樣，到底是怎麼了？

說到最近和惠惠以及達克妮絲的關係也是，我可以說是桃花期到來也不為過，難道連這個傢伙也要被我攻陷了嗎？

這該不會是女人在看心儀的男人的眼神吧？

坐在大廳的沙發上舒展身心的我對阿克婭說：

「……怎麼了，幹嘛那樣一直盯著我看？啊啊，妳想要這個嗎？阿克婭也要喝嗎？」

說著，我把手上這杯類似香檳的東西一飲而盡。

這個東西有種不知道該說是咻咻還是唰唰的奇特口感。

據阿克婭所說，這好像是還不錯的酒，不過我不懂酒的味道，不懂到底好在哪裡。

雖然不懂，但是一大早就開始狂喝這種昂貴的酒，就某種意義而言也是人生勝利組的特權吧。

依然盯著這樣的我看的阿克婭表示：

「……我只是在想，自從祭典結束之後，和真的廢人程度就持續飆升到讓我嚇一跳的地步呢。」

哎呀，原來不是在看心儀男人的眼神，而是看廢人的眼神啊。

不過，現在的我並不會這樣的一句話而動搖或生氣。

年紀輕輕就得到一棟豪宅和足以終生遊手好閒的資產的男人，就是能夠如此氣定神閒。

「喂喂，阿克婭，妳在說什麼啊，我們可是成功人士耶。過著與身分相符的生活，到底是有那裡不對了？我們在銀行裡存了那麼大的一筆錢，今後光靠利息就足以過活了啊。我已經不想工作了。偶爾想去冒險時就去冒險一下，剩餘的時間我都要過著大玩特玩的生活。」

聽我這麼說，阿克婭輕聲說著原來如此。

然後，她拿起我放在桌上的香檳。

「經你這麼一說，確實是這樣沒錯。那我也來喝點這支高級尼祿依德調酒好了。」

「……那是香檳對吧？」

「是尼祿依德調酒啦。這個世界又沒有碳酸這種東西。有那種唰唰口感的飲料多半都摻了尼祿依德。」

說著，阿克婭快步走去拿杯子。

正好就在阿克婭離開的時候，達克妮絲和惠惠走進大廳。

……應該說，她們兩個都穿上了冒險用的裝備。

達克妮絲穿了全副的鎧甲，惠惠也牢牢握著她愛用的法杖。

看著她們這副模樣……

「一日一爆裂嗎？路上小心喔——還有，錢我之後會付給妳們，回來的路上順便買個晚餐好不好？可以的話，晚上我想吃重口味一點的東西。」

我側躺在沙發上，對她們兩個這麼說。

而惠惠和達克妮絲盯著這樣的我一直看。

這次真的是女人在看心儀的男人的眼神了。

「……達克妮絲，我們該拿這個一大早就狂喝酒不工作的男人怎麼辦？」

「……找個地方丟掉就好了吧。」

怪了。

……看來這次也不是。

這是在看已經熱情不再的男人的眼神吧。

我仰躺在沙發上，對這樣的兩人回嘴：

「妳們是怎樣啦？我先聲明喔，我再工作下去也沒有意義啊。人為什麼要工作？當然是為了賺取金錢生活啊。但是，我已經得到足以終生衣食無虞的鉅款了。既然如此，剩下的人生我想過墮落的生活到底有那裡不對了？我又沒有給任何人添麻煩。」

這麼說著，我拿起放在桌子上用來充當下酒菜的豌豆莢嚼了起來。

看著這樣的我，達克妮絲重重嘆了一口氣。

「真是太可悲了……因為身懷鉅款就不再工作了？如果所有人都這麼想的話，這個世間就無法正常運作了。即使錢多到不需要工作了，還是要對世間有所貢獻，這才是生而為人的職責。」

聽達克妮絲說出如此冠冕堂皇的說詞，我隨口表示：

「我只不過是照著和你們貴族一樣的方式過日子罷了。」

「無、無禮之徒！不准瞧不起貴族！在你們看來貴族或許什麼都沒做，但我們可是為了讓人民過安穩的生活而粉身碎骨地工作啊。你不也具備著為民貢獻的力量嗎？別想著為了金錢，當成是為了你所愛之人如何？光是打倒危害人民的怪物，就勝過在這裡無所事事……」

我轉身背對在說某種大道理的達克妮絲，把臉埋進沙發的椅背裡面，打了一個呵欠。

「啊！」

看見我的動作，達克妮絲驚叫出聲，但我絲毫不以為意。

她大小姐活了這麼久，這大概是第一次有人在她激動地高談闊論的時候用這種愛理不理的態度對待她吧。

我是佐藤和真。

不屈服於權力的男人。

既然站在當權者那邊的達克妮絲說要工作，那麼堅決反抗就是我的義務了。

或許是我的態度讓她很火大，達克妮絲大步走向沙發這邊來。

然後，她從背後拉扯我的衣服。

「和真，廢話少說，跟我們過來一下。每天都那樣無所事事的話身體會退化的。和我們一起去討伐……你、你這個傢伙！喂，快點放手！不准抵抗！」

我使勁抓在沙發上加以抵抗，而達克妮絲正準備正式動手將我拉下來……！

這時，惠惠阻止了這樣的達克妮絲。

「好了啦，達克妮絲，這裡交給我吧……和真，偶爾讓我看一下和真大顯身手的模樣嘛。你在緊要關頭的時候最可靠了，讓我看一下你在那種時候帥氣的一面好嗎？」

惠惠彎腰對巴在沙發上的我這麼說，嘴角還帶著一抹溫柔的微笑。

而我瞬間瞟了一眼這樣的惠惠。

然後再次轉過頭去抓著沙發。

「…………」

「怎麼會！」

惠惠發出受到輕微打擊的驚叫聲。

我是佐藤和真。

不會因為一時受到感情影響而錯失事物本質的男人。

就算對象是最近和我有點進展的惠惠，我也不會輕易退讓。

我今天先狂喝一陣之後還要午睡到傍晚，吃完晚餐之後還要去夜遊，行程已經滿檔了。

我維持著側躺在沙發上使勁抓著的姿勢，稍微瞄了一下她們兩個。

「……怪物會危害人類，所以一發現就要驅除之，至於其他對人類有益的生物就讓牠們活下去。這樣的想法太傲慢了，我很討厭。人類是一種聰明的生物。我們應該能夠以更和善的方式對待牠們才對。希望妳們也能夠回想起小時候那種善良的心。」

對她們兩個這麼說之後，我又拿起一個豌豆莢放進嘴裡，然後再次轉過去面對沙發的椅背……

「你、你這個傢伙在欠了一屁股債的時候還不是到處在找有沒有好賺的怪物，殺紅了

眼！只有在這種時候才會說那種冠冕堂皇的話是怎樣！」

「就是說啊！最近開始專門狂買能夠輕鬆提升等級的高級食材——大蔥鴨的人，事到如今竟敢說得那麼冠冕堂皇！達克妮絲，妳拉那邊！我們把他拖下來！」

達克妮絲抓住我的腳之後，惠惠整個人貼到我的背上，伸手環抱住我的腰，試圖把我從沙發上拉開。

我感受著惠惠在我背上的體溫，同時說：

「喂，把妳貼在我背上的胸部再壓緊一點啊，這樣的話我倒也可以考慮放鬆抓著沙發的力道。」

「爛透了！這個男人果然是個爛人！達克妮絲，我們用繩索綁著這個男人，把他拖到公會去吧！」

「我、我看真的找個地方把這個男人丟掉比較好吧……？」

正當兩人一面這麼說，一面試圖將我從沙發上拉下來的時候——

阿克婭端著一個上面擺著透明的玻璃杯和簡單的下酒菜，還有一盤看起來像萊姆的東西的托盤回來了。

「……你們又在玩什麼新穎的遊戲了嗎？把這個遊戲的規則告訴我嘛。」

「才不是！我們是在說接下來大家要一起去出討伐任務。但是和真在鬧脾氣不肯去……

應該說，阿克婭，不要連妳都被這個男人帶壞了好嗎……」

達克妮絲看見阿克婭手上的托盤，一臉很傷腦筋的樣子。

……什麼我帶壞她啊，沒禮貌耶，阿克婭才是老早以前就這樣了好嗎？

阿克婭歪著頭，拿起盤子上的萊姆放進嘴裡，露出酸到整張臉皺在一起的表情說：

「是喔——？要我去是沒差，不過和真在感謝祭結束之後就展現出死尼特的本色，想要帶這樣的他出門，我想應該是難如登天吧。這種時候還是把和真先生這個孱弱的最弱職業留在家裡，我們自己去出任務就好了吧？」

被說成這樣，我可不能假裝沒聽到了。

阿克婭不經意的這句話，讓我一個翻身坐了起來。

「……喂喂，妳真敢說啊，上級職業的阿克婭小姐？說來說去，這個小隊裡面最強的還是我吧，用點常識想想好嗎？結果妳們到現在還在說我是最弱職業？我們在小隊裡的作用都不一樣，比較強弱一點意義都沒有，但是被弱小的上級職業說我弱，我可是會生氣的喔！」

我認為這種時候應該說清楚講明白，轉頭面對著阿克婭。

而阿克婭帶著一臉被酸到的表情，又放了第二片萊姆到嘴裡。

「哎呀，和真以為自己是我們之中最強的一個嗎？的確，和真的技能都很方便。使用『Drain Touch』的話，面對達克妮絲的時候就能夠輕鬆解除她的戰力……不過你是不是忘記

了啊？對我而言，『Drain Touch』那種巫妖技能只有在我毫無防備的時候才管用。和真以為自己有辦法對付我嗎？」

「喂，等一下，我也沒那麼弱好嗎。為了因應『Drain Touch』和魔法攻擊，我最近又強化了提升異常狀態抗性和魔法防禦力的技能……」

阿克婭一面在嘴裡玩著萊姆，一面如此挑釁。

如果因為這種挑釁而上當的話就太愚蠢了。

雖然很愚蠢，但是這種時候我還是應該稍微聲明一下才行。

「喂，阿克婭，妳不要以為我是只有『Drain Touch』一種武器的男人喔。我可是一開始就不把只有耐打可取，完全打不到人的達克妮絲當成對手，擁有各種應用戰法的和真先生喔。以各式各樣的魔法與技能為首，加上遠距離的狙擊，接近之後也可以拿劍攻擊。妳以為自己有勝算嗎？」

「唔，喂！別小看我，就算打不到人，我對體力和耐力很有自信！只要進入持久戰，我也有辦法和你打成不相上下……！」

聽我這麼說，阿克婭的眉毛動了一下。

然後，她把手上的托盤放到桌子上。

「哎呀，和真先生好像誤會了什麼呢。我的職業是大祭司。話雖如此，我也是各項參數高到除了魔法師以外任何職業都可以選的女人喔。有點會用劍？有點會用弓？我只要對自己施展支援魔法再開扁，和真根本撐不到一分鐘喔。噢，還有……」

阿克婭撥了一下她那頭藍色的長髮，充滿自信地繼續說了下去：

「除此之外，你好像還學了『Bind』技能是吧？不過很遺憾的，那種技能有辦法綑綁的只有達克妮絲喔。我有一招叫作『Break Spell』的魔法，能夠強制解除所有魔法和技能。而且我們都相處這麼久了，和真那種自作聰明的小手段對我起不了作用喔。」

「嗚……喂……的確，對我用了『Bind』我就會失去作戰能力。是這樣沒錯……不過阿克婭，既然妳有那種魔法的話，之前我遭到拘束不方便行動的時候，妳只要馬上對我用那招不就好了……」

見阿克婭帶著充滿自信的表情得意地笑著，我斬釘截鐵地說：

「……很好，那我們來一決勝負吧。」

在我的視野角落，達克妮絲不知為何臉頰微微泛紅，看起來有點沮喪，而惠惠則是輕輕拍了拍她的肩膀。

久違的冒險者公會。

上次來這裡露臉是什麼時候了啊？

公會裡隨處可見熟悉的臉孔，而那些熟識的人們一和我有了眼神接觸便舉起一隻手向我打招呼。

經過大白天就喝到開始碎唸，趴在桌子上的金髮小混混身邊，我走向張貼委託告示的公布欄。

阿克婭也在我身邊盯著公布欄，尋覓適合讓我們一決勝負的獵物。

我們總不能直接幹架，所以決定以討伐怪物的數量來分出哪一邊比較強。

惠惠是裁判。

要沒有武器的阿克婭赤手空拳的未免太過吃力，所以我叫達克妮絲當她的跟班。

被當成跟班的達克妮絲有點欲哭無淚就是了。

因為要比討伐數量，盡可能找數量比較多的怪物為佳。

最近也不是繁殖期，蟾蜍不常爬到地上來，即使來到地上也會立刻被獵個精光。

在這樣的狀況之下，不知道有沒有什麼好任務……

這時，隔壁傳來喃喃自語的聲音。

「……討伐雌雄翼獅。飛龍的亞種開始在岩山築巢急需驅除…………都沒有什麼衝擊性十足的任務呢……」

任務一定要由我來決定才行。

……這時，我看到一張告示。

『討伐初學者殺手及哥布林。』

——上面寫的是和我們頗有淵源的怪物，初學者殺手。

牠是被稱為中級冒險者門檻的強敵，也是曾經令我陷入苦戰的對手。

我們的等級已經不能算是新手了。

說來說去，我們也和比初學者殺手更強的強敵正面交鋒過。

該上訴了。

都已經可以稱得上是資深冒險者了，我們卻還沒贏過這個傢伙。

我撕下那張告示給她們看。

她們三個隨即皺起眉頭，露出一臉嫌惡的表情。

對她們而言，牠也算是某種心靈創傷嘛。

之前和別人組隊的時候，她們碰上那隻怪物也是好不容易才逃回來的。

「這個傢伙會利用哥布林和狗頭人之類的弱小怪物族群，以牠們當誘餌釣初級冒險者上

夠對吧？決勝負的方式，就是討伐這個傢伙保護的雜碎怪物哥布林，看誰討伐的數量多。然後……打倒初學者殺手的可以大幅得分，如何？我們現在也已經是資深冒險者了……差不多也該打倒這個傢伙一次了吧？」

聽了我這番說詞——

這次，她們三個帶著自信得意地笑了。

——據說有人目擊到初學者殺手的地方。

是在距離城鎮相當遠的樹林裡面。

這個地方的樹木還沒多到足以稱為森林，而據說有一群拿著武器的小型鬼怪——哥布林出現在這裡。

然後，初學者殺手好像也在附近亂晃，保護著牠們。

用那種弱小又好賺的怪物當成誘餌來獵殺新進冒險者的那種狡猾的怪物，目前似乎不在這裡。

「我看見那些哥布林了！那種程度的敵人，我的神光擊一拳就可以收拾掉了！」

正如阿克婭所說，在眼前的樹林深處，有東西正在挖樹根附近的地方，並掘出看似薯類的東西，有的則是拿木棒將長在樹上的小果實敲下來，似乎是在找食物。

身為主流怪物的哥布林們，各自採取著這樣的行動。

而我們一面在樹叢中窺伺著哥布林們的行動，一面一點一點拉近距離。

不過哥布林的數量只有三隻，未免也太少了一點。

我對站在我身邊，看起來自信莫名充沛的阿克婭說：

「妳之前對付蟾蜍的時候根本無計可施不是嗎？」

「蟾蜍會用牠柔軟的肚子吸收毆打攻擊啊。凡事都有所謂的相生相剋好不好？和真連這種事情都不知道嗎？你是笨蛋嗎？」

我擰了這麼說的阿克婭的臉頰讓她哭出來，結果哥布林們似乎發現了我們。

可惡，都怪她要那種蠢，又大呼小叫的才會這樣。

其中兩隻哥布林看見帶著武器的我們，儘管嚇得有點畏縮，卻還是進入了備戰狀態。

剩下一隻哥布林則是發出了刺耳的怪叫，不知道在吵鬧什麼。

或許是在呼喚同伴。

還是趁初學者殺手來到之前收拾掉牠們比較好吧。

正當我這麼想的時候——

「那麼。哥布林討伐，開始！」

惠惠如此宣告，自己一個人離開了現場。

「等著瞧吧，和真！不過是三隻哥布林，本小姐三兩下就可以解決掉了！」

如此吶喊的同時，興高采烈的阿克婭衝向哥布林們。

這樣的阿克婭身上散發著微弱的光芒，大概是因為她對自己施展了某種支援魔法吧。

達克妮絲在後面拚命追趕著衝刺的阿克婭，身上沉重的鎧甲喀嚓作響。

而我悠哉地目送著她們兩個人，在遠離哥布林的位置張弓搭箭……！

「篤！」

「「啊！」」

搶先了在前面的兩個人，我狙擊了阿克婭正準備要攻擊的哥布林的頭。

趁著看見這一幕的阿克婭和達克妮絲還在驚訝的時候……！

「咿嘰！」

「呀嗚！」

距離哥布林們大約二十公尺左右。

只要使用狙擊技能，在這個距離根本不可能射不到。

搶在阿克婭和達克妮絲之前，我迅速解決了那三隻哥布林。

「等一下，和真！你先把我正準備要打倒哥布林幹掉是怎樣！」

阿克婭如此對我抗議。

「把妳們要打倒的敵人先吃下來就肯定不會輸，這就是我的計畫。」

阿克婭和達克妮絲同時大喊：

「「卑鄙小人！」」

——穿梭過茂密的草木之間。

「在那邊！我剛才看到那邊有個人影！別以為你可以逃過我的法眼，和真！」

聽著背後傳來的這道聲音。

「一次又一次從旁搶走我們的獵物！我真的生氣了！你這個傢伙就不能正大光明地一決勝負嗎！」

我現在漫無目的地在樹林裡探索。

目前的成績是我八隻，她們零隻。

我使用潛伏技能一直在她們後面跟蹤，趁她們兩個吸引哥布林的注意時從安全的地方以狙擊打倒目標。

我的戰術明明是如此完美又可圈可點，她們兩個卻不明就裡地開始抓狂，現在她們追著我到處跑。

居然因為比不過我就想直接扳倒我，她們真是太卑鄙了。

我完全無法甩開穿著沉重鎧甲的達克妮絲，大概是因為阿克婭以支援魔法強化過她了吧。

平常沒什麼感覺，不過會用支援魔法的敵人其實還滿棘手的。

我在使用潛伏技能的狀態下到處逃竄，然後以魔法在地面上灑水，並且立刻將其凍結。

接著，我故意暫時解除潛伏技能。

這是相當原始又速成的陷阱……

「啊，和真在那裡！居然呆呆站在那種地方，看來你終於知道逃不了……嗚咕！」

「找、找到你了和真！呼……呼……今、今天我一定要對你這個傢伙還以顏色哇噗！」

不過還是成功讓她們兩個在冰上滑了一跤。

「活該————！」

聽我欣喜若狂地對她們這麼說，阿克婭猛然跳了起來。

「達克妮絲，我們兩個分頭包圍那個男人！然後揍扁他！把他包圍起來再好好揍他一頓！」

聽阿克婭這麼說，達克妮絲慢吞吞地從結凍的地面爬了起來。

「……都已經追得那麼拚命了，還單方面被這樣玩弄……這確實讓我很不甘心沒錯，卻又……又覺得這樣也不壞的我，是不是很奇怪啊……」

妳是很奇怪沒錯。

「……真是的，你們在做什麼啊？不要忘記討伐哥布林好嗎，你們三個。」

追著我們跑過來的惠惠撥開草叢，從中現身。

我也很想專注於討伐啊，是她們兩個口口聲聲批評我的智慧性作戰計畫，又說我卑鄙好不好。

聽惠惠那麼說，我發動感應敵人技能，尋找附近有沒有哥布林……

「你終於放棄逃跑啦，和真。總之，你先道歉再說吧。先等你說了對不起，我們再決定要怎麼處置你這個蠢狗尼特。」

「喂，等等，我們被包圍了。」

要說理所當然也是理所當然啦。

我們那樣一邊大吼大叫，一邊又追又逃的，簡直就像是在說「快來攻擊我吧」似的。

聽我這麼說，阿克婭和達克妮絲似乎也察覺到現在不是胡鬧的時候了。

哥布林們到處從林木之間探出頭來。

數量超過十隻，再怎麼說也不是一個人能夠全數擊破的數量。

不僅如此……

「出現啦。」

隔了一段距離包圍著我們的哥布林。

以守護者之姿從牠們當中大大方方往我們這邊走過來的，是一隻黑色的野獸。

——初學者殺手。

打倒和我們頗有淵源的這個傢伙之後，我們也可以光明正大地自稱是資深冒險者小隊了。

即使正在吵架，我們大家的想法似乎都是一樣的。

達克妮絲為了吸引敵人的注意，隻身向前站了出去。

她大概是想走到最能夠吸引注意力的地方，使用讓自己化為誘餌的技能「Decoy」吧。

「來吧和真，我就勉為其難地為你施展支援魔法吧。」

說著，阿克婭也在我身上施展了魔法。

我的身體瞬間亮了一下，清楚感覺到自己的體能逐漸提升。

好，這樣應該就沒問題了。

達克妮絲負責守護，阿克婭負責治療。

而我負責協助這樣的兩人。

三個人各自有各自的職責。

完全沒有必要決定誰是最強。

突然激動起來的我這次也必須反省才行。

我拿出箭、拉著弓，站到達克妮絲的右後方。

「我不會不小心射中妳的背，放心吧。都靠妳了，達克妮絲。」

「我才要依靠你呢。我不會讓任何一隻敵人到我身後去的，放心吧。攻擊就交給你了。」

達克妮絲將大劍刺在大地上，藉此穩穩站著，看向前方，頭也不回地這麼說。

光是看著那個可靠的背影，就讓我覺得無論來的是怎樣的敵人都不會有問題。

「要是達克妮絲受傷了，我也會立刻幫妳治好，放心吧！咱們上，這次一定要贏過那頭野獸！」

退到達克妮絲的左後方的阿克婭也是昂首挺胸，一副和這些隊友在一起就無所畏懼的樣子。

我轉頭看向惠惠說：

「喂，惠惠。妳剛才在豪宅說過，要我讓妳看一下我大顯身手的模樣，我在緊要關頭的時候最可靠、帥氣的一面，對吧？我就讓妳看看看，只要我們齊心協力，無論面對怎樣的對手……」

「『Explosion』——————！」

隨著爆炸聲響起，爆炸氣流吹襲這一帶。

在我耍帥的台詞還沒說完之前便突然開始吹襲的，那過於沒有道理可言的壓倒性暴力，將哥布林和初學者殺手全數捲入攻擊之中還不夠。

不僅附近的林木遭了殃，就連我們也被颳飛了。

站在最前線的達克妮絲，儘管插著劍，站穩了腳步，身上還穿著沉重的鎧甲，也照樣被轟飛。

就連站在她身後的我們也無法抵擋強烈吹襲的爆炸氣流，因而倒地。

……以趴向地面的狀態倒下的我只抬起頭，環顧四周的慘狀。

哥布林和初學者殺手都已經不見了。

達克妮絲大概是被某種飛過來的東西打到頭了吧，只見她翻著白眼，昏了過去。

「嗚嗚……嗚、嗚噁噁噁……嘴裡都是沙子……」

和我一樣以趴向地面的姿勢倒在地上的阿克婭如此哭訴。

然後，招致如此慘狀的元凶就貼在我身邊，仰躺在地上。

那名元凶的嘴裡冒出這麼一句話：

「有甜頭就要占走。我無法抗拒紅魔族的這種本能。然後，這下子就確定了，我才是這個小隊裡面最強的一個。」

「妳這個傢伙，妳這個傢伙啊！我還想說妳最近比較乖了，結果又是這樣！妳明明就是裁判耶！」

3

我們就像這樣度過一成不變的日常，直到某一天。

晨曦從窗口射進室內，照得空間中飛舞的塵埃閃閃發亮。

「和真這麼早就起床了啊，還真難得。今天是怎麼了？你又想去出任務了嗎？」

在如此爽朗的早晨，坐在餐桌旁一手拿著手冊，一面喝著餐後紅茶的達克妮絲看見來到大廳的我，驚訝地放聲這麼說。

「我只是一直醒到現在罷了。因為這個季節很熱嘛。這種時候就應該把房間冰到透心涼，從早上睡到傍晚才對。」

「這、這樣啊。幸好你和平常一樣，我放心了。應該說，上次出任務的時候也是，你最近已經連武器和防具都疏於保養，完全沒有任何一點冒險者應有的風範了呢。」

老實說，我對於自己身為冒險者的自覺確實開始變得薄弱了。

「這個嘛，我個人是覺得已經可以從冒險者界退休了啦。我在人生的下一個階段想當個經營者，靠非勞動收入過平淡的生活就好。」

「這個人是不是非得定期說些蠢話才滿意啊。又不是受了什麼重傷，我可沒聽說過才十幾歲的年輕冒險者要退休。」

和達克妮絲一樣喝著餐後紅茶的惠惠也沒好氣地這麼說。

我把她們的話當成耳邊風，抽出插在大門上的郵筒裡的報紙。

「隨便妳們怎麼說好了。基本上，像我這種立下這麼多功績的冒險者，就應該像這樣閱讀書報，隨時留意世界情勢，同時為了不時之需保存體力，這樣才算為了這個城鎮好。」

我一面這麼說，一面坐到沙發上攤開報紙——

「和真，先給我看啦。我想看的只有四格漫畫而已。上次冬將軍追著被擄走的雪精踏上旅程了，我很好奇接下來的發展。」

「喂，等一下，我也想看那篇四格漫畫。我就是為了那個才特地下樓的耶。」

惠惠一臉傻眼地注視著和阿克婭爭奪四格漫畫的我，一副有話想說的樣子。這時，我忽然看見一篇令我好奇的報導。

「『魔王軍幹部來到最前線，戰況為之一變，王都陷入危機。』——？喂，這也太聳動了吧。我的妹妹愛麗絲應該沒事吧？」

「不准擅自認愛麗絲殿下當妹妹，無禮之徒！不過，你說王都陷入危機嗎？也讓我看一下。」

我把報紙遞給達克妮絲，她便帶著前所未見的認真表情閱讀報導。

「位於王都附近的最前線有一座堡壘，那裡正遭受魔王軍幹部的攻擊。上面還寫說，那個幹部是擅使可怕魔法的邪神。」

「咦！」

達克妮絲不經意的一句話，惹得惠惠突然站了起來。

「妳怎麼了，惠惠？……我知道了，邪神這兩個字觸動了妳的心弦是吧。妳從以前就經常說蠢話，宣稱自己前世是破壞神之類的嘛。」

「我的前世八成是破壞神無誤，但我要說的不是那個！不是啦，關於那個邪神，我好像心裡有數……」

這時，從旁搶走達克妮絲手上的報紙，看起四格漫畫的阿克婭皺起眉頭，一臉不滿的樣子。

「不管是邪神還是什麼，自稱為神的傢伙都該遭天譴。」

「妳還不是自稱女神。」

正當我忙著迎擊拋開報紙撲過來的阿克婭時，惠惠撿起報紙，如此自言自語：

「令戰況為之一變的魔王軍幹部，據說名為……邪神沃芭克——」

4

隔天早上。

在迎來清爽黎明的同時，我心想差不多該睡覺了，正要鑽進被窩裡時，有個妨礙這個幸福時刻的傢伙現身了。

「和真，你睡了嗎？現在還是黎明的時段，所以你應該還沒睡吧？走吧，我們一起去王都吧，和真！現在正是我們出場的時候！」

大清早就興奮到不行的惠惠推開了我的房門。

我從棉被底下探出頭說：

「……妳又在發什麼瘋了啊？光是名字和行動奇怪還不夠嗎？妳想去王都幹嘛？不是我在自誇，要是去了王都我得面對很多麻煩。是什麼麻煩我不能說，不過要不是因為這樣的話，我早就搬到我妹妹住的王都去了。」

「你還把人家當成妹妹啊，別傻了好嗎……不，這個就算了。沒錯，就是為了你妹妹愛麗絲！再這樣下去，愛麗絲會面臨危險喔！和真對你妹妹的愛只有這點程度嗎！」

聽格外熱心，出乎我意料的惠惠這麼說，我不禁坐了起來。

「我還以為妳跟愛麗絲有點處不來呢，結果沒有這回事嗎？妳是在說昨天的報紙上的報導啊。也是啦，要說我不擔心愛麗絲的話是騙人的，但敵人可是幹部，就算我去了也派不上用場吧……」

而且這次的敵人據說是邪神。

不同於我們至今對付過的幹部，完全只散發著最終頭目的氣息。

身邊那個自稱是神的傢伙的力量我很清楚，所以說不定敵人也沒什麼了不起就是了。

聽我這麼表示，異常亢奮的惠惠說出了非常誇張的話。

「那個據說是魔王軍幹部的邪神讓我非常介意。你還記得吧，前幾天我不是對你提過點仔的真實身分之類的那件事嗎？雖然這只是我直覺這麼認為，不過說不定我們家點仔才是邪神。」

「我最近還看到妳口中的邪神被小雞追得四處逃竄呢。」

惠惠一臉認真地對完全不相信她的我說：

「我不是要和真和魔王軍幹部交戰。拜託你，我會負責搞定這件事，你只要跟我一起去，待在我身邊就可以了。」

「絕對不要，為什麼我得自己心甘情願跑到那種危險地區去啊。妳有沒有搞懂啊？光是最前線這個地方就已經夠危險了，要對付的還是邪神耶。不是之前那些史萊姆和不死怪物喔，邪神根本完全是最終頭目等級的敵人了吧。」

聽我如此秒答──

「……當然，我早就料到和真會這麼說了。我們在一起生活這麼久的時間可沒有白費。這一點，我早就在之前那次討伐初學者殺手的任務當中非常清楚地了解到了。」

說到這裡，惠惠微微紅著臉，望著坐在床上的我……

「你這個人真是的，真拿你沒辦法。不然這樣好了，如果你願意陪我一起去的話……就

是……在解決了所有事情之後，我願意來和真的房間陪你一個晚上……」

然後輕聲細語地說到這裡之後，便害羞地拉低帽簷遮住臉。

「好啦好啦。我現在很睏，明天再說吧。」

「咦！」

也許是對這招很有自信吧，惠惠一臉稍微受到打擊的樣子，整個人僵住。

我的反應似乎出乎惠惠的意料，讓她驚慌失措了起來。

「等、等一下。我覺得自己剛才抱持著相當程度的覺悟說了非常不得了的事情耶。」

「……妳以為我每次都會上妳的當嗎？妳以為我是那麼容易上當的好騙男嗎？想靠一個吻央求我討伐懸賞怪物的達克妮絲也好，妳也罷，妳們對自己的評價未免也都太高了吧。」

「！」

聽我這麼說，惠惠一臉驚訝地僵住了。

「不要把我和隨處可見的青春期處男相提並論。妳們幾個的長相是還不錯，但內在都要嚴重扣分。妳們應該要對這件事確實有所自覺，多拿出一點服務精神來才對。」

前幾天的晚上才發生過那種事情，我才不會一次又一次上當呢。

聽我斬釘截鐵地這麼說，惠惠氣得發抖。

「是怎樣，你對那天晚上的事情還懷恨在心嗎！最近只要我稍微發動攻勢和真就是一副頗為受用的態度，事到如今才這樣逞強是怎樣！」

「頗頗頗、頗為受用是什麼意思啦我哪有那樣啦明明就是妳太瞧得起自己了吧！我什麼時候表示過自己對妳有意思了！」

只要有人稍微表示對自己有意思，男人這種生物就會輕易喜歡上對方。

沒錯，最近的我正是陷入了這種狀態。

差點就上當了，我才不是那麼好騙的男人。

這個傢伙是只有外貌可取的美中不足型女孩。

「你這個男人未免也太糟糕了吧！不然之前是怎樣！你那個時候是打算和你不喜歡的女生共度春宵嗎！那個時候你明明就那麼期待！」

「才才、才沒有呢，笨蛋，那個時候我早就覺得反正最後一定有什麼陷阱所以一開始就一點也不期待，少得意忘形了，妳這個小蘿莉！」

聽我如此狡辯，暴怒的惠惠撲了過來！

——和惠惠扭打了一陣之後，睡意全失的我放棄睡覺，今天也一樣來到大廳，在大廳的沙發上攤開報紙。

「冒險者排行榜，第三名御劍響夜？喂，開什麼玩笑啊，為什麼那個傢伙的名字排在這

麼前面，我的名字卻不在榜上！寫這篇報導的是哪間報社，我要去抗議！」

正當我因為自己的名字不在上面而生氣時，在眼前和阿克婭一起撫摸爵爾帝的達克妮絲帶著一抹無所畏懼的笑容對我說：

「那是在王都有所表現的冒險者的排行榜，所以龜在這個城鎮裡的你根本不可能在上面。如果想登上排行榜的話，就只能上前線大放異彩了喔。不然我們去當援軍如何？最近都在做文書工作，我正覺得煩悶呢。我完全不介意喔。」

看來這個傢伙已經上了惠惠的當了。

不僅達克妮絲如此明顯地挑釁著我──

「沒錯沒錯，達克妮絲說的對。你想登上排行榜嗎？想要更加聲名大噪嗎？那麼，我們一起上戰場去吧！並且打倒魔王軍幹部就可以了！」

惠惠也是一副正合我意的樣子，如此附和。

我沒有理會這樣的兩人，對說著「握手！爵爾帝，把手伸出來！」這般，正在教導爵爾帝學習才藝卻一直被啄指尖的阿克婭表示：

「喂，阿克婭，妳也勸勸這兩個人吧。這兩個傢伙說要去防守最前線的堡壘耶。我們只要一出遠門就會碰上不好的事情，但是她們似乎一點也沒有學到這個教訓。妳也反對和魔王軍幹部交戰對吧？」

不同於興致勃勃地想和強敵戰鬥的兩人，這個傢伙和我比較合得來，一定知道我是怎麼想的。

但她出乎意料的發言顛覆了我這樣的想法。

「要去我也無所謂喔。因為那個魔王軍幹部好像給別人添麻煩了，不是嗎？純潔正直又美麗的阿克婭女神，不會放著祈求救贖的下界眾生不管。」

這個傢伙怎麼突然變成這樣，吃了什麼不好的東西嗎？

就連惠惠她們也沒想到阿克婭會這麼說，一臉擔心地看著阿克婭。

「妳是怎麼啦？突然說出這種話……平常碰上這種事情的時候，妳明明是第一個哭著喊不要的耶。」

「如果只是尋常的怪物，當然是不需要我出馬啦。但是，這次要對付的可是不講規矩，沒來找我拜碼頭就隨便自稱為神的傢伙耶，雖然是邪神啦。身為阿克西斯教團的神體，這種時候就該好好教訓那個傢伙一頓。」

看著表現得像個地盤被侵門踏戶的小混混的阿克婭，我才知道事態真的變得相當嚴重。

「喂，我不要喔，我絕對不去。幹嘛每次冒出魔王軍幹部都是我們去對付啊。再說，比我們還要強的冒險者應該要幾個有幾個吧？王都還是交給那些傢伙吧。妳們幹嘛那麼急著去送死啊？」

「看開點，別耍任性了，乖乖面對現實吧。放心啦，本小姐會負責一招解決掉敵人的！這次你不需要擔心任何事情，只要跟著我一起去以備不時之需就可以了！」

「難道妳以為我們幾個不會碰上不時之需嗎？回想一下過去，如果妳還有辦法肯定地說事情會進行得非常順遂不會有任何問題的話我就願意陪妳去！……喂，不准別開視線，看向我這邊！」

我抓住轉過頭去的惠惠的下巴，執意要把她的臉扳過來面對我。

就在這個時候，有個人戰戰兢兢地敲了敲大門，然後打開了門。

「大、大家好……不好意思，我撿到這個孩子，所以就把牠帶過來了……」

出現在門外的，是抱著點仔的芸芸。

5

「請用茶。」

「謝、謝謝……不好意思，阿克婭小姐，這是……」

「這種茶雖然很便宜，但是還滿好喝的喔。這是我用和真給我的零用錢買的，最近我很喜歡喝這種茶。」

「啊……真的，嗯，很好喝……」

端著阿克婭泡來的茶，芸芸一臉為難地點了點頭。

我不經意地看了過去，茶杯裡面是透明的液體……

呃，這是熱水吧。

看來阿克婭好心幫她泡了茶，卻不小心把茶變成熱水了。

於是，或許是顧慮到一臉滿意的阿克婭，芸芸為了湮滅證據而將杯子裡的熱水一飲而盡之後，雙手抱著虛脫無力，動也不動的點仔，一臉為難地將牠遞給我們。

「是這樣的，我在附近的公園散步的時候，正好看到點仔被小朋友們抓起來欺負，所以就救了牠……」

長著小翅膀的這隻謎樣的貓，對於淘氣的小朋友們而言似乎是非常棒的玩伴。

看著動也不動的點仔，我輕聲對坐在身旁的惠惠說：

「喂，妳口中的邪神不只會被小雞追著跑，連小朋友都可以欺負牠耶。」

「芸、芸芸，妳來得正是時候！其實是這樣的，也不是什麼大不了的事情啦，只是發生了有點不太妙的事情！」

為了將我的吐嘈蒙混過去，惠惠把報紙拿給芸芸。

「不、不太妙的事情？」

聽到不太妙的事情這句話，芸芸表現出警戒之意，一臉厭惡地接過惠惠拿給她的報紙。

「我看看……日刊連載四格漫畫冬將軍旅情篇。筆友募集專區？惠惠，這份報紙妳們不要的話可以給我嗎？我只要這個筆友專區就可以了。」

「妳這個孩子到底在看哪裡啊！是這個啦！妳看這篇報導！」

惠惠搶回報紙，指著那篇報導給芸芸看。

原本一臉狐疑的芸芸表現出劇烈的反應。

「唔咦咦咦！等等、等一下！惠惠，這是……」

「妳、妳這次又反應過度了芸芸！這又不是那麼誇張的報導！」

「不對吧，我完全沒有反應過度也沒有表現得太誇張！這篇報導上寫的邪神沃芭克，不就是原本封印在我們故鄉的……」

「噓——！妳說太大聲了啦芸芸！」

喂。

「我剛才好像聽到什麼不能當成耳邊風的事情。」

「你想太多了啦，和真。是這個孩子太奇怪了，她不時就會說這種奇怪的話，所以才會在紅魔之里被排擠。」

正當惠惠轉過頭去不甩我的發言時，芸芸發飆了。

「妳給我等一下，奇怪言行比較多的明明就是惠惠吧！更重要的是，和真先生，請聽我說！這個邪神沃芭克，過去原本是被封印在我們的故鄉。有一天，不知道發生了什麼事，封印被解開了，結果惠惠瞞著村子裡的大家，擅自將那個邪神當成使魔……」

「住、住口——！不可以將紅魔族之恥公諸於世，我們應該直接去打倒那個在王都附近作亂，自稱是邪神的冒牌貨，假裝沒發生過這種事情才對！」

看著連忙摀住芸芸的嘴巴的惠惠，我對按住太陽穴的達克妮絲說：

「喂，達克妮絲，動用妳的關係，去警察局借那個說謊就會叮鈴作響的魔道具回來。」

「我、我去去就回來。啊啊，希望不會查出更多更不得了的事實……」

「我、我沒有做錯任何事情喔！律師！律師！我需要辯護律師！」

在被芸芸和阿克婭壓制住的惠惠的喊叫聲中，哭喪著臉的達克妮絲出門去了。

——幾個小時後。

借到偵測謊言的魔道具之後，我們包圍了被「Bind」綁住雙手，跪坐在地毯上的惠惠。

「好。那就請妳把瞞著我們的事情都招出來吧……最根本的問題，這篇報導上的邪神沃芭克到底是什麼來頭？」

「其實芸芸與我，和這個邪神頗有淵源。所以，在好奇心驅使之下，我之前曾經調查過這個邪神……結果，沃芭克好像是掌管怠惰與暴虐的邪神。」

她突然就說出非常誇張的事情，害我們不禁盯著魔道具看。

但是，魔道具完全沒發出聲音，而且同為紅魔族的芸芸似乎也知道這件事，並沒有多說什麼。

「那麼危險的東西，又是為什麼會出現在紅魔之里？」

「古早以前，吾等的祖先與邪神展開激戰，最後成功封印了邪神。後來，祖先便決定將邪神帶到紅魔之里，嚴加管理。」

——叮鈴。

才回答第二個問題，魔道具就響了起來。

「……因為不知道哪個人說『封印邪神的地方聽起來好像很帥氣耶』，於是村裡的人就擅自綁架了不知道哪裡來的何方神聖所封印的邪神，再次封印在村裡一角當作觀光景點。」

對於惠惠的說明，魔道具沒有反應。

「喂。」

聽見我的聲音，不只惠惠，連芸芸也看向一旁。

原本一直抱著頭的達克妮絲表示：

「這、這件事就算了，追究已經過去的事情也無濟於事。邪神之所以被封印在紅魔族的村里的經過我們都知道了。所以，為什麼那個封印會被解開？解開封印的人是誰？」

「恐怕是遭到封印的邪神為了找回原本的力量，毀滅人類，而操縱自己的僕人們，解開了封印……」

——叮鈴。

「「「「…………」」」」

在我們無言地注視之下，惠惠似乎死了心，低著頭說：

「…………是我的妹妹當成遊戲，解開了邪神的封印。」

「等一下！惠惠，這件事我也沒聽說過喔！」

惠惠的坦誠惹得芸芸驚叫出聲，然而……

——叮鈴。

「奇怪！」

偵測謊言的魔道具發出聲響，不知為何連惠惠本人也大吃一驚。

不久之後，惠惠捶了一下手。

「對喔！邪神的封印過去曾經兩次遭到解除。第一次是我不小心解除了封印，剛好有個神祕的大姊姊路過救了我，我才能夠安然無恙。我妹妹解除封印的時候是第二次了。」

說完，她確認魔道具沒有響，滿意地點了點頭。

「是怎樣啦————！」

「妳、妳幹嘛啦！住手……！等等，快住手！我都已經乖乖回答了，所以妳也應該冷靜下來才對！」

「妳們紅魔族還真是幹不出什麼好事呢。」

正當我看著扭打在一起的兩名紅魔族，傻眼地嘆氣的時候，不知為何一臉雀躍的阿克婭拿著魔道具說：

「惠惠、惠惠，妳是喜歡，還是討厭阿克西斯教團啊？惠惠和阿克西斯教徒還滿有緣的，我們家賽西莉也說，只要用力推妳一把，也許妳就會加入阿克西斯教了。」

「再怎麼推我也不會入教啦！賽西莉小姐老是給我添麻煩，我也不想和阿克西斯教徒那群問題兒童扯上關係。要問我是喜歡還是討厭的話，我當然會說討厭……」

——叮鈴。

看著發出聲響的魔道具，阿克婭的表情亮了起來，惠惠則是害羞地別開視線。

「……有些教團員也照顧過我，要說討厭倒也不算討厭啦……」

看見阿克婭發明了測謊魔道具的超強用法，讓我心生感動。

我之前一直以為這個傢伙只是個笨蛋，但其實她是個天才嗎？

「吶，惠惠，妳對我們有什麼感覺？請回答是喜歡還是討厭。」

「嗯，這我也很想問。妳之前還幫我們所有人縫製護身符，到底對我們有什麼感覺？」

「……怎、怎樣啦，那種事情我不需要現在在這裡回答吧……喂，不准你們全部都看著我賊笑！」

正當我們用魔道具捉弄惠惠時，芸芸開口說：

「那、那個……所以，到頭來，封印遭到解除的邪神原本應該是這個孩子才對，但是報導上卻也提到了邪神沃芭克的名字，到底是怎麼回事啊……？」

她一面撫摸點仔的背，一面像是現在才想起來似的如此表示……

我愣了一下，看著魔道具，但魔道具理所當然似的一聲不響。

「咦？等一下，我剛才好像聽到什麼不應該當成耳邊風的事情。這個傢伙就是那個邪神？點仔真的是邪神嗎！」

「所以我之前不是才這麼告訴過你嗎？這個孩子是邪神兼吾之使魔。應該說，我還比較想知道那個魔王軍幹部冒用這個孩子原本的名字到底是在想什麼呢。」

就連惠惠也在芸芸之後這麼說，而魔道具還是一聲不響。

「喂，這個傢伙明明就這麼可愛，真的是邪神嗎？該不會是魔道具壞掉了吧？」

我身為一個愛貓人，真不想承認我幫忙梳過毛，經常一起玩的點仔是那種危險的存在。

這時，阿克婭不知道在想什麼，沒頭沒腦地說：

「吶，和真。我之前就一直覺得，你是個心地非常善良又帥氣的人。我一直都很感謝你。」

「喂喂，妳怎麼突然說這個啊？我知道自己正在面臨桃花期，難道連妳也被我迷倒了嗎？把我誇成那樣我也不會給妳零用錢……」

——叮鈴。

看著發出聲響的魔道具，阿克婭一臉滿意地用力點頭。

「沒問題。這個魔道具很正常。」

「好，妳跟我到外面去。最近把我看得那麼扁，看來是時候好好教訓妳一頓了。」

就在我站起來，打算好好整治阿克婭的時候——

原本一直跪坐在地毯上的惠惠不知道在想什麼，突然用力低下頭。

「……和真，拜託你這種事情我很抱歉，不過可以請你和我一起去嗎？其實，點仔過去也曾經好幾次差點被擄走。我怎麼想，這件事都和報導上寫到的那個傢伙有關。身為牠的飼主，我想設法處理掉那個冒用沃芭克之名的自稱邪神。」

個性衝動又不肯對人低頭的惠惠這麼說完，再次低下頭。

對方是自稱邪神的魔王軍幹部，而且還是足以隻身改變戰局的強者。

老實說我不想去。我一點也不想去，但是……

「……不可以嗎？」

看見惠惠那雙提心吊膽地望著我的那雙因不安而蕩漾紅色的眼睛。

儘管自己都覺得自己太好騙，我卻也只能這麼說：

「真拿妳沒辦法啊——！」

6

答應了惠惠的請求的隔天。

為了遠征總是得做些準備，我告訴大家明天再出發之後，盤腿坐在豪宅大廳裡的沙發上，使用鍛造技能製作某種東西。

然後，同樣坐在沙發上的達克妮絲興致盎然地在我身旁看著我工作時，在我身旁看著這一切的阿克婭說：

「吶，和真。那是什麼——？」

「是我從維茲的店裡買來的，施加衝擊就會爆炸的魔藥。」

「「咦！」」

聽我這麼說，達克妮絲連忙站了起來，和阿克婭一起退開一步。

我用到一半的東西散亂在桌上。

那些東西，包括了紙張、滴管，還有具備吸水性強又容易燃燒的特性，由某種腐敗的植物所形成的特殊土壤。

我從剛才開始，就一直拿著施加衝擊就會爆炸的魔藥，以滴管吸取少量的魔藥，不斷滴到放在紙上的土壤，讓土壤吸收魔藥。

阿克婭一點一點後退，同時不安地問我：

「吶、吶……你怎麼會有那種危險的東西啊？你到底想要用那個幹嘛啊？」

我將手上的魔藥拿到稍遠的地方去。

然後將瓶子輕輕放在地板上之後說：

「沒有啦，之前我一直以為這是某種魔法的藥水或是什麼的。結果，這個東西就不點火也會爆炸。就算只有一滴，只要接近火源就會『砰』的爆炸。換句話說，我想這應該是相當近似硝化甘油的東西。」

接下來我們要前往的地方，是有魔王軍幹部在的激戰區。

是就連有外掛能力的冒險者們都占不到上風的最前線。

之前達克妮絲差點要被迫嫁給阿爾達普領主時，我曾經試圖在這個世界重現某種東西。

不過，那個時候因為沒有硝化甘油的替代品，我只能做出外型相近的模型就是了。

而且，就連我做出來的那個模型，也被惠惠親手丟掉了。

我對著一臉詫異的阿克婭和達克妮絲說：

「只要用上這個，就可以製造出某樣東西。我們明天要去的地方需要什麼東西？如果能夠成功製造出我想要的東西，今後，這應該會成為我們的王牌才對。」

聽見我這番話，阿克婭看了看桌上的材料，似乎想到我正在製造什麼了。

沒錯，就是那個知名的……

「原來如此……季節是夏天。和真體內的日本人血統驅使你製造出高空煙火了是吧。」

「是炸藥啦。」

達克妮絲一臉疑惑地說：

「硝化甘油？炸藥？聽都沒聽過。那個東西是用來做什麼的？」

於是我將已經完成的三根炸藥拿給歪頭不解的達克妮絲看。

在之前那個未完成品被惠惠丟掉之後，我早就抽空試做了好幾次，現在為了明天的遠征而臨時趕工完成了。

阿克婭拿起一根我剛做好的仿造炸藥，興致盎然地端詳了起來。

然後，她在我眼前以雙手藏起了那根炸藥。

「和真，你看你看——」

……？

阿克婭將仿造炸藥放到桌子上。

應該說，那根炸藥明顯比剛才小上兩號……

「變小了。」

「混帳東西！」

我連忙拿起被阿克婭縮小的炸藥，然而，不像某個搞笑藝人經常玩的那招魔術，炸藥的體積真的變小了。

「妳這……！居然拿我耗費時間製造出來的東西玩這種把戲！這下要怎麼辦啦，妳有辦法變回去嗎！而且這樣還能用嗎！」

「當然變不回去啊。」

沒人叫她表演卻還是表演了才藝的阿克婭不以為意地這麼說，毫無反省之色。

「妳懂不懂啊？我是因為明天開始要遠征才製作這個備用耶。既然妳的手那麼巧就來幫我製造這個，彌補被妳報銷的那一根。」

「如果是我動手製造的話，三根裡面就會有一根變小喔。」

「為什麼啊！妳的身體裡是有內建縮小燈喔！」

我又不想把變小的炸藥就這麼丟掉，便試著塞進褲子的口袋裡面，結果發現大小正好方便收納，反而搞得自己更不爽。

如果這樣還可以正常使用，倒也沒什麼好抱怨的就是了。

沒有理會這樣的我們，拿起桌上的完成品仔細端詳的達克妮絲興致勃勃地問我：

「所以，這到底是什麼東西啊？」

「別急，等到吃過午飯之後再讓妳們見識一下。包準大吃一驚喔，尤其是惠惠。」

我充滿自信地表示。

「吃飯嘍——好了，把桌子收拾乾淨，去洗手吧……怎麼了？為什麼大家都盯著我的臉看？」

負責煮飯的惠惠在托盤上放了大家的午餐端了出來，一臉疑惑地這麼說。

——遠離城鎮的山中，有著許多岩石的地方。

這裡似乎是惠惠最為推薦的爆裂散步目的地。

「大家還真難得啊，今天居然所有人一起來陪我散步。早知道會這樣的話，午餐就可以做成便當，大家一起在外面吃了。」

大概是因為所有人都來陪她進行例行公事的一日一爆裂讓她很高興，惠惠揮著法杖，顯得格外開心。

這樣的惠惠，立刻詠唱了爆裂魔法……

「『Explosion』——！」

隨著轟然巨響而起的衝擊波震盪著這一帶。

能夠粉碎任何東西的最強魔法，輕而易舉地炸燬了惠惠當成目標的大岩石。

我們低下頭，擋住如雨點般落下的岩石碎片時，達克妮絲若無其事地站到我們身邊，為我們抵擋那些碎片。

我撐住耗盡魔力，即將倒下的惠惠，以「Drain Touch」為她灌注魔力，讓她恢復到能夠自行走動的程度。

「哦，今天的相當高分呢。」

「對吧？我自己也覺得成果相當不錯。呼——我心滿意足了，我們回家……嗯？和真，那是什麼？」

這時，我拿出兩根紙捲的仿造炸藥，引起了惠惠的興趣。

用紙將吸收了爆炸魔藥的土包了好幾層牢牢捲緊之後，在中心插進同樣吸了魔藥的導火線，就只有這麼樸素。

第一次試作的原型就是這樣了吧。

「這個嘛，是獲得名為財力的武器之後，我嘗試能否以砸錢的方式輕易葬送敵人的第一號原型道具。總之妳看著吧。」

我將仿造炸藥插進附近的岩石後面，並且將導火線拉到我們這邊看得見的地方。

「……等一下。我覺得和真製造出來的那個東西，我好像在哪裡看過……」

惠惠似乎有話想說，但我沒有回答她，拉開一段距離。

「『Tinder』！」

然後以點火魔法從遠處點燃了導火線。

導火線不斷噴出細微的火花……

忽然，我臨時起意，對著岩石伸出一隻手，大聲喊了：

「Explosion——！」

「咦！」

對此有所反應的惠惠叫了一聲。

隨著足以掩蓋那個叫聲的爆炸聲響起，簡易炸藥成功爆開，將插了炸藥的岩石炸出一道裂痕。

看來威力還沒有大到足以用來炸山。

不過，當作武器使用的話倒是完全足以派上用場。

「啊……啊啊…………」

在我身旁，惠惠一臉茫然地輕微顫抖著，達克妮絲則是紅著臉，握著拳說：

「太、太厲害了，和真！你什麼時候學會爆裂魔法了！」

「呵……因為努力不懈的我，趁妳們在睡覺的時候偷偷練了好幾等啊。」

得意忘形的我隨口唬弄了一下興奮不已的達克妮絲。

「啊啊……啊啊啊啊…………」

看著此情此景的惠惠輕聲呻吟，大幅顫抖著。

這時，阿克婭拉了拉我的衣袖說：

「和真和真，也給我一根吧。我也想用爆裂魔法。」

「這還是原型，改天做一根導火線更長的再給妳。我也因為不敢直接點火，才從遠方使用『Tinder』點火。」

「啊啊啊啊啊……啊啊啊啊啊啊……」

「我知道了。那就等你做出正式的成品之後再給我玩一根吧。」

「可以是可以，不過這種魔藥還滿貴的，數量也不多，沒辦法給妳一玩再玩喔。」

「只、只要使用那個的話，身為十字騎士的我也能夠施展爆裂魔法了嗎？你不是真的學了魔法對吧？和、和真，等你製造出新的之後，我也想試用看看……！」

不同於興致勃勃的阿克婭和達克妮絲，惠惠的反應從剛才開始就很低調，讓我非常在意。

原本還以為她會是反應最大的一個，結果從剛才開始就只有一直顫抖，輕聲呻吟而已。

我站到惠惠面前，伸出一隻手，擺出帥氣的姿勢。

「吾乃和真！身為阿克塞爾首屈一指的冒險者，擅使爆裂魔法……」

「啊啊啊啊啊啊啊啊啊啊啊啊啊啊啊——！」

我的話還沒說完，惠惠已經一邊大叫，一邊撲了過來。

「那種東西！那種東西才不是爆裂魔法！威力頂多也只有炸裂魔法的程度罷了！那種東西！那種……那種……！」

「等等，我知道了啦，妳冷靜一點，先別衝動！那只是普通的道具罷了，只是開個小玩笑，開玩笑的啦！」

我連忙這麼說明，但揪住我的領子的惠惠，將我手上的最後一根仿造炸藥搶走。

「啊，可惡！喂，那個東西要製作一根就得花上大量的資金和勞力耶，快點還給我！」

「不可以！既然有本小姐在，就不需要這種東西！這種東西算什麼啊！」

在如此吶喊的同時，惠惠將我好不容易做出來的得意之作丟得遠遠的。

唉……

「以後被我發現那個東西的話我就會丟掉！那種東西是旁門左道！我才不承認那種濫竽充數的東西！」

「好啦好啦，我知道了啦……真是的，那算是為了配合妳的任性才做出來的東西耶。」

「或許派得上用場，不過還是不行！」

以後還是在自己的房間裡面偷偷製造好了，以免被惠惠發現。

……我舉起手，對準被惠惠丟掉，扔在遠方地上的炸藥。

趁著還在生氣的惠惠不注意時，我輕聲詠唱了魔法。

「……『Tinder』。」

我偷偷詠唱的點火魔法，點燃了導火線。

然後我配合時機……

「Explosion——！」

「！」

難得製造出來卻被白白丟掉也太浪費了，所以我施展了今天第二次模擬爆裂魔法。

結果惠惠一直到晚餐時間都不願意跟我說話。

7

——隔天。

穿上新買的裝備，將有著丟臉名字的日本刀掛在腰間。

披上冒險者的註冊商標——披風，為了保險起見，將能夠長期保存的食物塞進背包裡。

「武器有了，食物有了，裝備有了！各種道具也都準備齊全了！」

我們一直以來也對付過不少魔王軍幹部和懸賞對象，但之前總是隨波逐流地被捲入事件之中，這次就不同了。

畢竟，這次是我們要主動去找魔王軍幹部的麻煩。

昨天我好不容易做出來的王牌之一被浪費掉了，不過我在維茲的店裡還大量採購了可能勉強派得上用場的魔道具，確實做好了事前的準備，也想好了一些戰略。

「和真真是的，之前還那麼不願意，現在卻是一副幹勁十足的樣子。你的心境到底是起了什麼變化啊？」

也不知道倒底是塞了什麼東西才會變成那麼大，揹著鼓到快要爆開的背包的阿克婭這麼說。

順道一提，因為爵爾帝出生才不過幾天，還不能將牠單獨留在家裡，所以阿克婭好像一大早就闖進維茲的店裡，硬是將爵爾帝塞給他們照顧了。

「因為後來我針對這次戰鬥冷靜思考過，發現其實打贏的機率還滿高的。」

我們接下來要去的地方，是位於王都附近的最前線的堡壘。

現在，這個國家最強的戰力們都聚集在那個堡壘裡。

根據我得到的消息，不僅這個國家的騎士團，就連在我之前來到這裡的外掛冒險者們也有很多人都在那裡，要不是那個魔王軍幹部這次參戰了，否則根本沒有會輸的道理。

許多外掛冒險者待在那個堅固的堡壘裡，有這樣的環境可以保護我們，等到魔王軍幹部跑過來就靠惠惠的爆裂魔法擊退。

我覺得這是個單純又有效的戰略。

相較於之前的戰鬥，這次應該能夠在相當安全的狀況下打倒對手，能夠得到的回報卻相當豐碩。

更何況……

「這次還有會用『Teleport』的芸芸跟我們一起去。」

說完，我看向在惠惠身邊檢查行李的芸芸。

腳踏實地不斷練等，學會了瞬間移動魔法的芸芸，主動說要和我們同行。

芸芸已經登錄的目的地有阿克塞爾和王都這兩個地方。

要是堡壘面臨危險的時候，我們隨時都可以回到這裡，這真是太難能可貴了。

「我、我會加油的！要我扛行李也可以，準備餐點、負責守夜、戰鬥的時候衝第一，我什麼都願意做！」

「好、好啊，全靠妳了。聽說路上有相當強的怪物出沒，有芸芸和我們在一起無疑是一劑強心針。」

平常老是孤單一人的芸芸，對於要和大家出遠門似乎開心到不行。

她從剛才開始就一直坐立難安，靜不下來。

「各位都準備好了嗎？有沒有東西忘記帶？手帕和衛生紙我都有帶，需要的人可以告訴我喔！」

「算我拜託妳，妳冷靜一點好不好，又不是要去遠足的小朋友。」

看著惠惠安撫芸芸這種難得一見的景象，我以視線掃過看起來已經準備就緒的所有人，

點了點頭。

「那就麻煩妳了，芸芸。我們先傳送到王都，再從那裡步行到堡壘去。路程好像是經過鍛鍊的冒險者努力走兩天就可以抵達的距離。不過，聽說途中有地方可以住宿，我們就先以那裡為目標吧。」

「好的，是說我準備了古今中外所有的棋類和牌類遊戲，住宿的時候就包在我身上！」

所以芸芸的背包才會那麼鼓啊。

看來，她真的非常期待和大家一起過夜。

或許，這是她第一次和大家一起擬定計畫出外旅行吧。

正當我鼻頭一酸，心裡想著應該再早一點約她出去玩才對的時候，芸芸已經完成了瞬間移動魔法的詠唱。

「『Teleport』！」

與紅髮美女共譜一夜美夢！

1

——回過神來的時候，我們已經站在久違的王都正門前了。

這裡是王國的首都，有人瞬間移動到這裡來大概早已不是什麼稀奇的事情。或許就是因為這樣，守衛王都正門前的幾名士兵對於我們突然現身也毫不驚訝。他們之所以注視著門外，一定是在警戒穿越前線，襲擊而至的怪物吧。

來到這裡就讓我想起心愛的妹妹愛麗絲，害我忍不住想走進王都裡去，但他們應該還在搜索那個潛入王都卻尚未被捕，神祕又帥氣的謎樣盜賊吧。

要是當局感受到我身上散發出來的非凡氣質，因為莫須有的嫌疑而對我使用測謊魔道具的話，那還得了。

我慢慢放下背上的背包。

「好。既然我們已經準備好旅行要用的東西了，照理來說應該立刻前往最前線的堡壘才

對，不過我要先去找他們打聽情報。我有個想法。」

留下聽我這麼說之後一臉疑惑的大家，我走向正門前的士兵。

「你好，辛苦了。哎呀，天氣這麼熱還要工作，很累吧？」

「哦，你們是旅行冒險者嗎？也許你已經知道了，不過王都目前正在戒備魔王軍的襲擊。不要一直待在那種地方，要進王都去的話就快點。」

對於態度友善的我，士兵依然戒備著四周，同時這麼說。

「不，我們沒有要進王都。我們是聽說這個國家陷入了危機才特地趕過來的，想說去位於王都附近的最前線的堡壘當援軍。」

「你說……援軍？……有援軍當然是求之不得，不過我看你的裝備也沒有多了不起，真的沒問題嗎？堡壘附近聚集了大量的敵方精銳喔。」

雖然新買了昂貴的款式，我現在穿在身上的都是輕裝備。

乍看之下，大概真的看起來很弱吧。

「喂喂，我勸你最好別太小看我喔。或許你看不出來，但我們可是擁有打倒魔王軍幹部的實績呢……沒錯，我的名字是佐藤和真。或許你也聽過這個名字？」

「啥？你在說什麼傻話啊，像你這種男人……」

其中一名士兵以懷疑的眼神看著炫耀過去的戰果的我，同時這麼說的時候。

「唔……喂，等一下！我不知道這個男人，不過跟在後面的那些人我見過！」

另一個士兵看著坐在稍遠的地方觀望我們的互動的阿克婭她們，如此大喊。

「真的，那個小個頭的，我記得她是用爆裂魔法將整批魔王軍炸飛的大法師！」

「等一下，那是達斯堤尼斯大人！連能夠隻身接下眾多怪物的達斯堤尼斯大人也在！」

「那個藍頭髮的大祭司我也認得！她是之前在魔王軍襲擊王都的時候不斷施展支援魔法，到處治療傷患的人！」

士兵們忽略了我，指著她們紛紛這麼說。

我們之前來到王都的時候，參加過擊退魔王軍的戰鬥，看來他們還記得當時的事情。

「各位都了解的話事情就好辦了。沒錯，我們……」

「啊，我也記得你！你是那個被狗頭人殺死的男人對吧！」

……呃。

「啊啊，這麼說來是有那麼一個人。有個得意忘形的傢伙跑到前面去，結果被狗頭人圍毆。」

「你太弱了，不可以來這種地方啦。距離王都很遠的地方，有個叫作阿克塞爾的城鎮，是新進冒險者聚集的地方。你先去那裡練等級吧。」

「這附近有很多很強的怪物喔。應該說，你是後面那些人的隨從嗎？就算是提行李的，

還是要有點實力才行喔。」

該怎麼對付這些傢伙呢？

……不，現在還是先別抱怨好了。

我之所以向這些士兵搭話，其實有我的理由。

「如你們所見，我們是一群武功高強的冒險者小隊。隊員結構也相當豪華，以我這個隊長為首，有大祭司和十字騎士，還有兩個大法師。」

「真是太棒了！……所以，自稱是隊長的你的職業又是什麼？」

「……所以了。接下來，如此強大的我們，要去支援堡壘那邊。但是，我們雖然武功高強，卻不認得路。因此，如果有冒險者或士兵接下來要去堡壘那邊的話，希望可以讓我們同行。當然，我們也要請他們帶路，所以不會收取護衛的傭金，請放心。」

我沒有理會士兵的問題，完成了我一開始的目的。

雖然說是步行兩天的距離，但聽說前往堡壘的路上有很多很強的怪物。

所以，我要以帶路為名義，增加路上的旅伴。

我們這邊能夠稱得上是正常戰力的，老實說只有芸芸一個人而已。

因此，我們表面上表現得武功蓋世，實際則是一路上請人保護。

如此完美的計畫——

「很遺憾的，那是不可能的事情。因為敵軍幹部的攻擊太過淩厲，現在已經是要將受傷的冒險者們逐漸後送的狀況了。就連在最前線奮戰的陛下和王子殿下都已經回來避難了。在這種狀況下，才沒有人會閒來無事特地跑到堡壘那邊去呢。」

「咦？」

卻因為眼前的士兵出乎意料的一句話而瓦解。

不對吧，等一下，狀況好像比我聽說的還要糟糕許多耶。

正當我僵在原地時，士兵又說了下去：

「找人帶路大概是辦不到，不過相對的，我可以給你們前往堡壘的地圖和怪物分布圖。如果是尋常的冒險者我會阻止他們過去，不過如果是你們幾位的組合應該沒問題吧。你們要好好加油喔！我記得你剛才說，你的名字是佐藤和真對吧！我會確實告知冒險者公會和城裡的人，說佐藤和真將率領一支勇敢的冒險者小隊到前線去！」

「……咦？」

不，我正想重新考慮要不要去支援耶。

「交給你們了，請你們拯救在前線陷入苦戰的夥伴們吧！」

「是啊，你們上次擊退魔王軍的狀況我都看得一清二楚！你們一定沒問題的！那就拜託你們了！」

「好，我去向王都的居民們大肆宣傳這件事！大家一定會很開心！」

士兵們趁我說不出話來時擅自決定各種事情，還把路程的地圖和怪物分布圖交給我。

「「「那就麻煩各位了！」」」

「啊，好。」

——拿著地圖的我拖著沉重的步伐回到大家身邊。

「……妳們看。我靠交涉手腕換來前往堡壘的地圖和怪物情報。」

「很有一套嘛，和真。我們離得太遠，聽不到你們說話，不過你的交涉術真是精采。」

「和真比我預期的還要積極，嚇了我一跳。那我們出發吧！」

……怪了？

我是不是把自己的退路一條一條封死了啊？

2

——從王都到堡壘的路程，順利的話要是步行兩天的距離，不過中間點有住宿設施。

最前線那種危險地帶當然沒有馬車要過去，離開王都的我們，以徒步的方式前往那個中間點。

「各位，如果肚子餓了可以告訴我喔，我帶了很多零食！還有，我也學了初級魔法，所以隨時可以變出清水，口渴了也可以告訴我！啊，惠惠！那邊很危險，不要過去，那邊的路很容易坍塌！」

「妳很聒噪耶，從剛才開始就一直說個沒完，又不是第一次去遠足的小朋友！我們今天會走到很晚，現在開始就那麼亢奮的話小心累死。」

大概是因為和很多人一起旅行讓她很開心，紅色的眼睛因為興奮而閃閃發亮的芸芸快步走在我們的前面。

上次去紅魔族的村落時，她也和我們一起走了一小段路，不過像這次這種會過夜的旅行感覺大概又不太一樣吧。

然後，還有另外一個人也靜不太下來。

「吶、吶，這是什麼啊？那種飄浮在空中的絨毛，我在阿克塞爾附近沒看過耶！」

「嗯……喂，阿克婭，那是一種名叫凱詩柏莎的絨毛精靈，是完全不會造成危害的生物，所以別去驚動牠……啊啊，我才剛說完妳就這樣！」

阿克婭追著在附近飄蕩的神祕毛球，眼睛閃閃發亮。

「凱詩柏莎這種毛球精靈有一說是雪精的亞種，要是妳過度欺負牠們，統領牠們的大精靈會跑來襲擊妳喔。」

沒有理會興致勃勃地追著成群的毛球的阿克婭，我趁現在向惠惠確認一件令我很在意的事情。

「吶，惠惠，帶著這個傢伙一起上路真的好嗎？」

說著，我看向喜不自勝地走在最前面的芸芸，指了指在她腳邊跑來跑去的點仔。

我覺得沒必要特地帶這個傢伙到危險的最前線去，但惠惠卻宣稱這顆黑色的毛球有可能會派上用場。

「這個只有到了當地才知道了。應該說，只要有這個孩子在我們身邊，或許光是這樣就能夠牽制魔王軍幹部了。」

即使我追問緣由，惠惠也不肯再多說什麼。

應該說，纏著經常給她東西吃的芸芸的那顆毛球，說牠是邪神我也沒什麼感覺。

「呃，喂，阿克婭。再玩下去真的很危險，差不多該放開牠了吧？」

「再讓我摸一下啦。這個孩子輕柔的絨毛，讓我想起了身在遠方，和我相隔兩地的爵爾帝。」

「妳和爵爾帝明明今天早上才剛分開耶。」

聽見如此和平的對話從我和惠惠的身後傳來，讓我不禁想懷疑這裡真的是最前線嗎？

就在我這麼想的時候——

完全鬆懈下來的我，感覺到感應敵人技能傳來的強烈警告。

因為最近過於安逸，太久沒有感受到技能的氣息，害我的反應慢了半拍。

正當我想警告大家時……

「等一下，前面的冒險者！別想再往前走了！想通過這裡的話，就把財物留下來！」

——前方出現了一群全副武裝的男人，說著這種老掉牙的台詞，擋住了我們的去路。

看見那群滿臉鬍渣，打扮也不太乾淨的人，讓我興奮到了極點。

不過，這也是理所當然的，來到這個世界之後，這還是我第一次碰上可以說是奇幻世界王道的事件。

而且，阿克婭的心情似乎也和我一樣。

「和真，是山賊耶！我還是第一次見到山賊耶！原來在這個怪物氾濫的世界還有人從事山賊這種沒效率的職業，嚇了我一跳！」

說著，阿克婭以閃閃發亮的眼睛看著那群男人。

我原本以為異世界這種地方，治安一定很差，聯絡道路上一定都有盜賊。

我所熟知的奇幻世界，必定是這種狀況。

然而，現實卻是非常殘酷，在這個怪物氾濫的世界，想要在沒有堅固城牆的城鎮外面生活，當山賊維生，只能說是異想天開。

會這樣也很正常，如果戰鬥能力強到能夠在棲息著眾多怪物的環境當中過著野外求生生活的話，比起不知道什麼時候會有獵物出現的山賊，不如正正當當地當個冒險者還比較好賺，也比較有辦法過安全而舒適的生活。

冒險者要說不穩定是也很不穩定，不過總比遭到通緝而無法進入城鎮，又得過著隨時畏懼怪物和騎士團的生活還要強上許多。

山賊就是以如此笨拙的方式生存的稀少人種。同時，因為遇見這樣的山賊而感動的人，似乎也不只我和阿克婭。

「和真、和真！號稱比大蔥鴨還要稀少的人型怪物——山賊出現了耶！」

「真的耶，是山賊！我獨自出外旅行過好幾次，但這還是我第一次親眼看見山賊耶！回到紅魔之里後我要向大家炫耀！」

兩名眼睛閃閃發亮的紅魔族這麼說，似乎讓男人們相當生氣，紛紛咬牙切齒了起來。

這時，我發現達克妮絲分外安靜。

不對，我錯了。

她整個人輕微地顫抖著，看來她是因為遇見了一直以來尋求的存在而開心到發抖吧。

見我們一點也沒有表現出害怕的樣子，山賊們憤慨了起來。

「喂，你們是不是瞧不起我們啊！我叫你們快點把錢拿出來！」

看似頭目，眼睛布滿血絲的大鬍子男這麼威脅我們。

是樣板耶！

真的是完全照樣板走的山賊！

就在我越來越感動的同時，達克妮絲挺身而出，擋在我身前。

「你們這些傢伙看起來就沒有好好洗澡，身上充滿男人的體味！又因為在山上過著禁慾的生活，眼中閃爍著慾望的光芒！即使出現的是柔弱的女子，也會盡全力糟蹋對方的山賊們啊！我達斯堤尼斯．福特．拉拉蒂娜怎麼說也是女騎士，面對你們可不能就此退讓！」

站上前去護著我們的達克妮絲如此報上自己的名號，臉色泛紅到前所未見的程度。

「達斯堤尼斯……？」

「喂喂喂，那個傢伙剛才說了達斯堤尼斯對吧？」

「達斯堤尼斯就是那個達斯堤尼斯家族嗎？這麼說來，那個傢伙是金髮碧眼！那是貴族的特徵！」

絲毫沒有理會七嘴八舌地議論紛紛的山賊們。

「你們叫我們留下財物，但反正光是這樣還無法解決對吧？我知道你們看著我們的眼神是什麼意思，等到我們解除武裝之後你們一定會這麼說對吧！『喂，仔細一看，這些傢伙都是上等貨色嘛！嘿嘿嘿，這樣一定可以賣個好價錢……！』」

之前才宣告過今後要表現得像個淑女的變態滔滔不絕地說著這些奇怪的蠢話時，眼前的男人們早已做鳥獸散，紛紛逃走了。

「當然你們也不可能就此罷休！『頭目，在賣掉之前先讓我們試試看嘛』，一定會有人這樣表示！然後看似頭目的你就會一邊賊笑一邊這麼說！『好啊，當然好了。看著這種上等貨色我們怎麼可能只是乾瞪眼……』……唔……喂，你們怎麼了？怎麼突然跑掉了？到底是何居心！」

見山賊們背對著我們逃跑，達克妮絲顯得相當困惑。

「既然有貴族在，就表示肯定有騎士團在附近待命！大家快逃！」

「而且我現在才發現，她們那對紅色眼睛……是紅魔族！」

「喂，等一下，有這麼一群妙齡女子在眼前耶，你們這樣對嗎！放心，沒有騎士團！等一下，拿出你們身為山賊的尊嚴……！」

我壓制住一面說蠢話，一面追著山賊到處亂跑的達克妮絲。

3

「真是的，都怪妳一直追著那些傢伙不肯罷休，事情才會變成這樣。」

「嗚……但、但是，身為騎士，我沒有辦法縱放那些會危害人民的傢伙……」

天色已經完全變暗，完成野營準備的我們正圍著營火休息。

都怪某個笨蛋一再提議要打擊山賊，搜索周邊，害我們無法前往原本預計要抵達的中繼地點。

「可是，我也很想擊退山賊呢。打倒那種稀有怪物會掉錢喔。」

「喂，別說野生的山賊是怪物啦。」

而且，就算對方是罪犯，這種行為也是強盜取財。

「話說回來，在外面過夜的話應該要有人負責守夜吧？不提防怪物的話太危險了。」

阿克婭往營火裡丟了根小樹枝，並且攪拌著吊在上面的鍋子裡面的東西，同時這麼說。

鍋子裡的燉菜散發出誘人的香味。

「嗚……抱、抱歉。我來負責守夜好了。我對自己的體力很有自信，大家儘管睡吧。」

「達克妮絲小姐，我覺得這樣很像在露營，我很開心喔！放心吧，我來負責守夜！包在我身上！」

芸芸以開朗的聲音對一臉歉疚的達克妮絲這麼說。

她看起來不是在安慰達克妮絲，而是真的很開心。

抬頭看著這樣的芸芸，惠惠冒出這麼一句話：

「……妳不可以再熬夜了喔。反正妳一定因為太期待這次的旅行，從昨天晚上就沒闔過眼對吧？」

「妳、妳怎麼知道！」

簡直就是遠足前一天晚上的小朋友。

「守夜的工作我會負責啦，畢竟我是個夜貓子。而且我還有感應敵人技能和夜視技能。吃完飯之後就把火熄了吧，以免被怪物發現。」

對於我的提議，達克妮絲一臉歉疚地低下頭說：

「抱歉，和真，追根究柢來說，原因明明就出在我沒有深思熟慮的行動……」

「就是說啊。妳也已經算是成年人了，不要隨便跟著不認識的大叔跑掉好不好？」

「放心吧。剛才是因為冒出山賊那種形同女騎士的天敵的傢伙，我才會失去理智。我已經下定決心，只會讓特定對象凌虐我了。」

「我不太懂妳在說什麼，而且也不想懂，不過既然是這樣就沒問題了。」

達克妮絲一臉認真地脫口說出這種蠢話，我也一臉認真地這麼回應。

——事情發生在我們吃過有點晚的晚餐，走得很累的大家都已經睡著，過了好一段時間以後。

熄掉營火之後，我一個人守夜，同時千方百計試圖將千里眼技能的夜視能力加以提升，以便偷看大家的睡臉。就在這個時候——

夜色之中，距離沒有多遠的地方。

我的感應敵人技能，察覺到微弱的怪物氣息。

既然已經熄滅了營火，像今晚這種沒有星光的陰天，即使是夜行性的怪物，在這種黑暗之中要找到我們應該也沒那麼容易……

儘管如此，為了以防萬一，我還是摸黑碰了所有人，發動潛伏技能。

單看這個構圖很像是我在夜襲睡著的大家，但這是緊急避難的措施，我並沒有做出任何虧心事。

總之，這樣應該就不會被發現了吧。

……然而，這個想法只維持了非常短暫的時間，我以感應敵人技能察覺到的那個氣息，

很明顯正在往我們這邊過來。

現在的時刻應該連日期都還沒換吧。

就在這個時候，我想到了怪物是什麼來頭。

對方一定是來找阿克婭的不死怪物。

我記得和阿克婭兩個人潛入地城的時候也一樣，當時潛伏技能也起不了作用，害我們被大量的不死怪物包圍。

沒辦法了，要叫醒大家嗎？

但是，如果要叫醒大家，開始戰鬥的話，就得點火才行。

這樣可能會吸引其他怪物過來，更重要的是，不死怪物的外觀在火光之中看起來格外具有震撼力。

如果是一兩隻殭屍或骷髏的話，我一個人應該也有辦法解決吧。

而且我有千里眼技能，等到怪物靠近一點之後再拿弓狙擊個幾箭打倒敵人好了。

我一派輕鬆地這麼想，靜靜等待怪物來到附近。

這時，我聽見一個沉重，而且非常令人不舒服的聲音。

——溜。

聽起來很像拖動某種潮濕的東西的聲音。

——溜。

而且，至少絕對不是殭屍那種大小的生物能夠發出來的聲音。

我試著定睛凝望，但不知為何看不出敵人的外型。

總覺得有種不祥的預感，於是我在情非得已之下只好叫醒大家。

「喂，有東西要過來了。我猜大概是不死怪物……喂，醒醒啊。阿克婭，阿克婭！」

其他三個人都立刻睜開眼睛，但這種時候最需要的傢伙卻沒有醒來。

這個傢伙明明是吸引不死怪物過來的元凶卻一直狂睡到最後是怎樣啊。

——溜。

我拔出刀，對準那個沉重的聲音傳來的方向進入備戰狀態。

「喂，誰把那個白痴叫醒！還有，不知為何，我的夜視能力無法看清敵人的輪廓。我要點火了喔！」

達克妮絲將大劍連同劍鞘一起拖到手邊之後站了起來，惠惠則是用力搖晃阿克婭。

「阿克婭，阿克婭！快點醒過來啦，好像是不死怪物耶！」

聽見惠惠的聲音，阿克婭依然動也不動。

「我好睏喔——……跟牠說今天我就先放牠一馬——……」

「妳這個該死的笨蛋，是要睡到多迷糊啊！牠是過來找妳的，快點起來處理掉啊！

『Tinder』——！」

我灌注了比平常還要多的魔力，揚聲對前方的地面施展了點火魔法。

魔法的火星在沒有火種的地面燃起火光。

儘管灌注了大量的魔力，應該還是會立刻熄滅吧。

看見火光中的東西，我才明白為什麼夜視技能會看不出那是什麼。

那隻怪物早就已經進入我的視野之中了。

之所以看不清牠的輪廓，純粹只是因為那隻怪物大到不像話罷了。

「啊……啊哇哇……怎……怎怎怎、怎……！」

惠惠看見那隻怪物，不知所措到出現了怪異的言行。

「不會吧……怎、怎麼會……在這種地方……！」

就連至今應該面對過眾多強敵的芸芸也帶著僵硬的表情，不住後退。

平常面對強敵時總是喜出望外地衝上前去的達克妮絲也只敢觀察狀況，緊張地吞了口口水。

「……快、快點把阿克婭……把、把阿克婭叫醒……」

我仰望著擋在眼前的那個傢伙，茫然低語。

「————！」

難以言喻的叫聲在暗夜之中大響。

那個怪物似乎是在放聲咆哮，但是聲帶已經腐爛剝落，所以只能夠發出那種聲音。

怪物張開巨大的顎部，每次打算出聲的時候，就會從口中噴灑東西出來，散落在四周。

從口中噴出來，掉到地上就會發出潮濕聲音的東西，是牠身上的腐肉。

「即使已成為不死怪物，但再怎麼說也是龍。身為聖騎士，這是至高無上的榮譽！你們三個退到後面去！」

達克妮絲將我們護在身後，拔出大劍，進入備戰狀態。

「——————！」

或許是感覺到達克妮絲散發出的敵意，怪物再次發出成不了聲的咆哮，拖著巨大的身體往我們這邊過來……！

「阿克婭——！阿克婭女神——！有龍！龍殭屍現身了！快點！拜託妳，快點處理掉那個傢伙——！」

巨大的身軀只要整個壓上去，就能夠輕鬆壓扁民宅。

那隻龍殭屍展開翅膀之後，原本就已經十分巨大的身體看起來又脹大了一圈。

帶著幾乎要落入絕望深淵之中的心情，我不斷呼喊著阿克婭。

只有唯一一個毫無危機意識的阿克婭翻了個身，似乎在嫌我們吵。

「嗯——……不過就是龍殭屍嘛……只要爵爾帝一出馬……」

「妳這個睡昏頭的白痴快給我起床，小心我把妳丟去餵龍殭屍！」

龍殭屍朝著達克妮絲撲了過去！

4

「『Turn Undead』——！」

中了阿克婭的魔法，龍殭屍發出成不了聲的慘叫，在光芒之中遭到淨化。

對付不死怪物的時候，這個傢伙真的很可靠。

我正想對阿克婭表達感謝之意時……

……？

不對，等一下，仔細想想，吸引這隻龍殭屍過來的也是這個傢伙啊。

我看向倒地不起的達克妮絲，芸芸和惠惠正陪在她身邊。

「達克妮絲！振作點啊，達克妮絲！這點小傷不算什麼，快點醒過來吧！」

「惠惠，不可以這樣搖晃她啦！這這這這種時候更應該冷靜——！」

如果阿克婭一開始就乖乖起床淨化龍殭屍的話，保護我們的達克妮絲也不會像這樣昏過去了。

「哼哼，看來即使是龍殭屍也不是我的對手呢。和真，儘管必恭必敬地崇拜我吧啊啊啊啊啊──────！」

我不發一語地伸出雙手，夾住阿克婭的臉頰，施展了「Drain Touch」。

「喂，你幹嘛啦！突然對我用那招我是要怎麼抵抗啦！」

淚眼汪汪的阿克婭揮開我的手，如此抗議。

「我就是為了不讓妳抵抗才偷襲妳啊！妳看看達克妮絲的慘狀！那隻龍殭屍是被妳吸引過來的耶，叫妳起床處理妳就該乖乖起床！我要妳把體力分給我，彌補我因為守夜而不能睡覺的分。」

「咦咦！我、我才不要！剛才我是被你偷襲才中了招，下次可沒那麼好了，我要抵抗你的『Drain Touch』可是輕而易舉。就連真正的巫妖想吸收我都抵抗得了，有本事你就吸吸看啊！」

這個傢伙未免也太自我中心了吧！

我決定先放著擺出奇怪的架勢提防著我的阿克婭不管，跑到達克妮絲身邊，以「Tinder」點起火光，觀察她的狀況。

在我想盡辦法吵醒阿克婭的時候，達克妮絲隻身扛下了龍殭屍的所有攻擊，而她……

「『Heal』！……不愧是達克妮絲。龍殭屍雖然少了與生俱來的噴火能力，但因為化為不死怪物而解除了肉體的限制，其物理攻擊力可能比活生生的龍還要高呢。正面接下了龍殭屍的攻擊，真虧她沒有變成肉餅。」

阿克婭一面對達克妮絲施展恢復魔法，一面說出這種駭人聽聞的話。

仔細想想，達克妮絲會這麼徹底的躺平也很稀奇。

可見最前線這一帶的怪物就是凶惡到這種地步。

……話說回來，既然有龍殭屍的話，就代表也有普通的龍吧……

不對，我沒記錯的話，這附近的怪物分布圖上有龍殭屍的名字，但沒有寫到龍，所以我希望真的沒問題。

在鎧甲扭曲變形，整個人昏過去的達克妮絲身邊，惠惠和芸芸憂心忡忡地看顧著她。

……這時，我發現到一件事情。

「這下糟了。剛才在戰鬥中使用魔法所發出的光和『Tinder』的火光吸引怪物往我們這邊過來了。感應敵人技能的反應相當劇烈。沒辦法了，我們移動吧。阿克婭，妳和達克妮絲的行李我會幫忙拿，妳負責揹達克妮絲。」

「咦咦！你叫我揹達克妮絲，可是穿著鎧甲的達克妮絲超級重耶！而且，我們要在這麼陰暗的環境當中移動嗎！」

我以俐落的動作收拾著行李，同時這麼說：

「妳對自己施展增加肌力的魔法啦。雖然我辦不到，不過妳的各項參數除了運氣和智力以外都很高，只要用了那招就揹得動了吧。順便也對我施展一下。我要扛三人分的行李，沒有支援魔法的話太吃力了。惠惠和芸芸各自捉緊我的左右手吧。我會牽著妳們兩個的手，憑著夜視能力前進，妳們小心不要跌倒了。」

說著，我一口氣扛起大家的行李。

唔……果然很重……！

「達克妮絲是怎樣，就算穿著鎧甲也未免太重了吧？而且，大概是因為被龍殭屍咬過，這個孩子身上有種酸酸的臭味……」

「……因為達克妮絲一身肌肉啊。她很在意這件事，妳可別不小心說出來喔。」

——揹著身穿鎧甲的達克妮絲的阿克婭每走一步，就會響起鎧甲的金屬碰撞聲。

在烏雲密布，不見星光的夜空底下，我們在黑暗之中前進。

夜視能力比我還強的阿克婭一面走在最前面，一面開心地說：

「不知怎地，像這樣摸黑走路，讓我想起跟和真兩個人潛入地城的那次。我還記得，那

個時候和真想趁著一片黑摸我屁股，還差點得逞呢。」

「喂，妳別想散播不實謠言，小心我把妳丟下來喔，混帳。」

我們在黑暗中如此鬥嘴，讓惠惠忍不住笑了出來。

「明明才剛碰上龍殭屍，而且目前仍然在這種危險地帶逃離怪物的追蹤，我卻感覺到很放心，到底是怎麼回事啊？明明就不能算是多強的小隊，和大家在一起的時候卻讓我覺得無論碰上任何麻煩都不會有問題。」

這麼說的惠惠，握著我的手也多用了幾分力。

……這種不經意的一個小動作就可以牽動我的心弦，讓我覺得自己很窩囊。

「好好喔……會不會有那麼一天，我也能結識像和真先生你們一樣的夥伴呢？」

同樣握著我的手的芸芸這麼說，聽起來好像很羨慕我們……

這時，握著我右手的惠惠的手，不知為何突然用力收緊。

「應該沒辦法吧。芸芸得先從交到朋友開始做起才行。」

「！」

「妳、妳這個傢伙，幹嘛突然耍毒舌破壞這麼感人的美好氣氛啊！」

5

走了好一陣子，達克妮絲終於醒了過來。

心想都已經起步了就乾脆繼續走下去的我們，在看見疑似中繼地點設施的燈火時才鬆了口氣。

之前就聽說這裡有個住宿設施，而出現在眼前的是一棟大小相當於貴族宅邸的建築物，四周還圍著堅固的圍牆。

朝著燈光走過去之後，一個很有特色的招牌映入眼中。

「這個住宿設施是溫泉旅店啊……說到溫泉，就讓我想起大家一起去阿爾坎雷堤亞的那一次呢。」

一臉懷念地這麼說的惠惠輕輕笑了一下，而達克妮絲也附和著說：

「嗯，我記得那個時候，在男澡堂裡的和真還為了想打探正在泡澡的我們的狀況，豎起耳朵聽得很認真呢。」

「和、和真先生，原來你做過這種事情啊……？」

哎呀，芸芸看我的眼神像是在看垃圾一樣。

「和真，像這種邊境的溫泉旅店多半都是男女混浴。我希望和真在我們洗好之後再去洗，不然我怕我們會有危險。」

「妳再怎麼自我感覺良好也該有個限度吧，我也有選擇的權利耶。」

我和阿克婭雙手互握，扭打了起來，這時惠惠開心地說：

「那我們進去吧。座落在這種地方的住宿設施應該沒什麼人才對。感覺一定像是我們包場了吧。」

「我要第一個下去泡澡！還是要大家一起泡？」

「我當然是沒問題啦。」

最後跟風這麼說的我，就像是沒開過口似的直接被大家忽略了。

「請等一下，阿克婭之前曾經害阿爾坎雷堤亞的溫泉報銷不是嗎，阿克婭要最後一個泡。」

「沒關係啦，偶爾大家一起泡也不錯啊！這樣也是一種旅行的醍醐味。」

「大家一起泡澡……一起泡澡啊……」

以尖細的聲音妳一言我一語地聊個沒完的女生們就這麼走進深夜的旅店之中。

……妳們也理我一下嘛。

這時，惠惠轉過頭來，對著被獨自留下來的我說：

「不然你要和我一起泡嗎？」

說完，她戲謔地輕笑了幾聲。

喂，妳是怎樣？要是我在這種時候說「好啊一起泡啊」，妳還不是會慌張起來。

這時，達克妮絲也一樣轉過頭來，對心中有點動搖的我說：

「我們會盡量早點離開澡堂，在那之後你就可以盡情泡澡了。我知道你泡澡的時間莫名的久。」

日本人泡澡就是那麼久嘛。

「還是，如果你想要的話，我也可以像之前那樣幫你洗背喔？」

停下腳步的達克妮絲，也露出和惠惠一樣的表情這麼說。

「現在是怎樣，妳們到底是怎麼了？俗話說人們在出外旅行的時候會變得比較開放，不過妳們說話之前還是得經過腦袋喔。再說，妳們就算嘴上說那種令人誤會的話，等到我認真說出『那就拜託妳們了』的時候……」

「好啊，到時候我們就一起泡澡吧。」

「是啊，如果你有那個膽量的話，我任何時候都可以幫你洗背喔。」

不知道是不是早就猜到我會那麼說，她們兩個露出挑釁的表情，像是套過招似的，對我

如此表示。

……怪了？

這是怎樣，她們兩個什麼時候變得這麼容易攻略了？

現在是我隨便推，她們就會隨時倒的狀態了嗎？

怎麼辦，我乾脆真的說出「那就拜託妳們了」算了。

「那我們走吧，和真。」

這時，看見惠惠對我露出的那種完全放心的開心表情，我終於懂了。

那個眼神，顯示出她認為我只是嘴巴說說其實不會真的動手，完全信賴我。

6

——這種感覺是怎麼回事？

老實說，她們那麼說，讓我很想和她們做色色的事情，和她們親熱一番，真的非常想。

但是，我又不想背叛她們的信賴與期待。

那兩個傢伙是怎樣啊？她們到底是怎麼看待我的啊？

比方說惠惠，她明明會隨口說出不討厭我，以開玩笑的口吻說出喜歡我，卻遲遲沒有說出請和我交往之類的關鍵話語。

比方說達克妮絲，我們明明差點就要跨越最後一道界線了，回到家隨時都能夠發展成那種關係之後，她又突然不發動攻勢了。

那兩個傢伙到底是怎樣啦！

我搞不懂女人心啦，如果我主動出擊就沒問題了嗎？

雖然我覺得應該會成功，但要是她們說出「是你會錯意了」之類的台詞的話，我可沒辦法繼續和她們相處在一起。

可惡，我怎麼會變成這樣，我本來就這麼膽小嗎？

應該說，我真的喜歡她們兩個嗎？

優柔寡斷的我就連這個也搞不清楚。

而且，如果是接受夢魔服務之後的話，我說不定還會說自己其實沒那麼喜歡她們。

我也覺得自己這樣很差勁，但是在現在這麼煩悶的狀態下煩惱這種事情，我大概也找不到正確答案。

總之，我還是先去泡個澡，在澡堂裡好好思考一下再說吧。

決定晚點再做出結論之後，我來到更衣室脫掉衣服。

——這時，正當我站在鏡子前面，心想提升了好幾個等級之後，我的體格似乎也變得相當不錯了，同時擺出各種姿勢的時候……

我們抵達旅店的時候早已過了午夜時分，現在照理來說應該不是有人會來泡澡的時間才對，浴場裡卻傳出有人怡然自得地哼著歌的聲音。

那個悅耳的哼歌聲，告訴了我裡面的人是女的。

明明大家都知道我會在她們之後來泡澡，裡面卻還有人。

這個狀況是怎樣，惠惠或達克妮絲又想捉弄我了嗎？

她們就那麼看不起我，以為我是什麼都不敢的軟腳蝦嗎？

……好，我決定了。

我決定不再煩惱了。

無論這裡面是惠惠還是達克妮絲，只要她敢半開玩笑地勾引我，藉此捉弄我的話，我就要乾脆推倒她。

既然敢這麼小看我的話，就算她哭著道歉我也會毫不客氣地跨越最後的一道界線。

什麼小隊裡的和氣，我管不了那麼多了。

做出這個決定之後，不知道為什麼，我的心情豁然開朗，突然覺得之前那些煩惱很蠢。

那樣一點也不像我。

沒錯，我要活出自己的本色。

胸懷澎湃心思的我，對著拉門伸出手，用力拉開之後——

發現裡面是一位紅髮大姊姊正在泡澡。

「……哎呀？我還以為是誰，結果來了一個令人相當懷念的臉孔呢。你還記得大姊姊嗎？我們之前在阿爾坎雷堤亞的溫泉見過……」

那個女人露出柔和的笑容，似乎想對我說些什麼，但她的話還沒說完，我就毫不猶豫地斷然告訴她：

「我要宰了妳！」

「什麼意思啊！」

——我拉開了和還在害怕的大姊姊之間的距離，緩緩泡進溫泉裡。

「哎呀～～好舒服的溫泉啊。話說回來，妳也用不著那麼害怕啦，我只是因為好不容易才下定決心，狀況卻有點不如預期，應該說是我誤以為在裡面的是我的同伴罷了。」

「是、是喔？話說回來，一個幾乎算是第一次見面的人突然說要殺了我，我不害怕才奇怪吧。該怎麼說呢，剛才你的眼神很認真，身上也爆發出殺氣……」

大姊姊那對令人聯想到貓科動物，很有特色的黃色眼睛依然透露出懼怕之色。

「放心啦，我好像也想起大姊姊是誰了。妳是在阿爾坎雷堤亞的時候，因為我盯著妳的胸部狂看，結果差點哭出來的大姊姊對吧？我記得妳啊，因為妳的胸部那麼大。」

「那、那個……這樣說好像不太對，不過我和你才見過第二次面而已，你卻口無遮攔地說什麼大不大的，應該算是所謂的性騷擾吧……」

「不，我已經決定了。我決定不再隱藏自己，不再自欺欺人了。我要活得像自己，不再忍耐任何事情，活出自己的本色。」

「乍聽之下這好像是一件好事，但是在現在這個狀況聽你這麼說，讓大姊姊非常擔心自己的安危就是了……」

不知為何，大姊姊看著我的眼神顯得更加畏懼，將肩膀以下的部分都泡進白濁的溫泉裡，藏起自己的裸體。

我明明就這麼善良，卻覺得她好像非常提防我的樣子。

這時，我想起遇見這位大姊姊的時候的狀況了。

我記得，這個人之前和那個在阿爾坎雷堤亞從事破壞行動的魔王軍幹部，死亡劇毒史萊姆漢斯對話的時候，語氣聽起來就像是他的同伴。

也就是說，這位大姊姊也和魔王軍有關，照理來說我也不應該放下戒備才對……

「對了，你怎麼會來這種地方啊？我記得你說自己是冒險者對吧。這一帶有很多可怕的怪物喔。這樣說或許很沒禮貌，不過你看起來實在不是很強的樣子，沒問題嗎？」

大姊姊如此表示，聽起來不是在懷疑我，而是純粹在擔心我的樣子。

大姊姊這樣的態度，讓我不禁亂了陣腳。

照理來說，身為一個冒險者，我應該設法套出這個人的真實身分才對，但奇妙的是，我並不討厭這個幾乎算是第一次見面的大姊姊。

「沒問題啦。我確實很弱，不過這次有個很可靠的紅魔族跟著我。話又說回來，說真的，我也不想來這種地方，但是我的同伴堅持要來。不過，大姊姊又是為什麼來這裡啊？」

「我？這個嘛……我算是來泡我最喜歡的溫泉，藉此犒賞每天都很努力的自己吧。另外就是，雖然我不覺得能夠輕鬆找到，不過我正在找對我非常重要的伴侶。」

大姊姊如此表示，聽起來像是在打高空似的。

「伴侶啊。妳是在找戀人嗎？」

「嗯——不是戀人耶。應該說是搭檔，或是力量遭到封印的另一個我吧……不過，我現在已經呈現半放棄狀態了。」

大姊姊如此表示，露出略顯失落的表情。

「放棄？這又是為什麼？我的同伴當中有人對這種腦筋有問題的……不對，應該說是對比較特殊的問題了解得很多，不然乾脆找她商量看看如何？反正她正好也在這間旅店。」

「呃……你說的那個人不用猜也是紅魔族對吧？放心吧，我不是那種路線的人，你不用放在心上。」

儘管表情僵硬，大姊姊還是露出笑容。

「這樣啊？既然是這樣那就算了……不過，如果只是吐苦水的話我可以聽聽，妳有話儘管說，不用客氣喔。」

聽我一派輕鬆地這麼說，大姊姊也略顯開心地表示：

「哎呀，你願意聽我吐苦水啊？……很久很久以前，在紅魔之里的某個地方，有隻該說是另外一半的我或者是我的伴侶或者是邪神的……總之，有隻算是我的搭檔的黑貓被封印在一座墳墓裡面。」

大姊姊如此表示，害我覺得好像在那裡聽過這個故事。

總覺得，最近好像有兩個紅眼睛又老是闖禍的傢伙告訴過我類似的故事。

「和我一起得到解放的時候，或許是因為積怨已久吧，牠變得不太聽話。所以，我就讓牠暫時再沉睡一段時間……結果，當我覺得差不多是時候了，過去看牠的時候，封印早已被

解除，我的搭檔也不知道被誰帶走了。」

我覺得應該沒那麼巧，不過……

「……冒昧請教一下，妳說的那隻黑貓搭檔，會不會在空中飛，或是吐火啊？」

「抱歉，我完全聽不懂你在說什麼。」

大姊姊完全變得一臉嚴肅，一副想說「你這個傢伙在說什麼啊」的樣子。

不對吧，給我等一下，開口閉口又是邪神又是封印的人，憑什麼擺那種臉給我看啊。

我整理了一下心情之後說：

「沒有啦，我有個紅魔族隊友，她宣稱自己養的黑貓是邪神……」

就在我說到這裡的時候，大姊姊突然臉色一沉。

「……紅魔族養的黑貓？那個名字我真的覺得不太好，但她說那隻黑貓是邪神對吧？」

「是、是啊……話是這麼說沒錯，不過那個傢伙還宣稱自己的前世肯定是破壞神無誤，所以我覺得還是別當真比較好。」

儘管因為大姊姊突如其來的轉變而感到困惑，我還是這麼說。

「這、這樣啊？不過我還是問一下好了。那隻黑貓……我想想，牠會不會特別親近怠惰的人啊？」

「……不知道耶？我覺得那隻貓最親的應該是我才對，不過我不覺得自己特別怠惰啊。

剛組隊的時候我是工作得最勤奮的，我也自認是隊友當中最具備常識，最正常的一個人。」

「這、這樣啊……還有就是，牠會不會非常凶暴啊？」

大姊姊不知為何顯得有點退避三舍。

「牠膽小到會被剛出生沒多久的小雞追得到處逃竄喔。」

「謝謝你，我問夠了，那不是我在找的黑貓。」

聽完我的回答，大姊姊像是確定了什麼事情，用力點了點頭之後，便起身離開浴池，包在她身上的毛巾不斷滴著水。

「那麼，我先離開了。這一帶是和魔王軍展開激戰的地帶。除此之外，這一帶的治安也差到我剛才還碰到難得一見的一群山賊。可以的話，你還是回王都去比較好喔。」

語畢。

大姊姊像貓一樣瞇起牠黃色的眼睛，對我露出溫柔的笑容。

「……該怎麼說呢，我總覺得大姊姊給我的感覺不像是外人耶。這種奇怪的感覺到底是什麼呢？啊，我這不是在搭訕妳喔。」

我自己也覺得說這種話很奇怪，卻還是脫口而出了。但不知為何，大姊姊聽了不是露出一臉狐疑，反而是驚訝地瞪大了眼睛。

「這……該怎麼說呢，這還真巧啊。我也覺得你不像是外人呢。正因為如此，我才會像這樣，在每次見面的時候都給你忠告……或許，你曾經偶然在某處遇見另外一半的我，還照顧過牠吧。」

大姊姊半開玩笑的這麼說完，便開心地笑著離開浴場。

目送著這樣的大姊姊的我，儘管知道她和魔王軍有關係，但不知為何就是無法將她當成危險分子……

如果有機會再見面的話，到時候我一定要問清楚那位大姊姊為什麼會加入魔王軍……

「……糟糕，我忘記問那個大姊姊叫什麼名字了！」

7

隔天早上。

在正式的住宿設施好好休息了一整晚的我們，意氣風發地前往堡壘。

「和真，你今天好像心情很好的樣子呢。昨天你好像很晚還在泡澡，是不是發生了什麼好事啊？」

走在前往堡壘的路上，惠惠開心地對我這麼說。

「是啊。昨天晚上我在妳們之後去泡溫泉，結果和之前在阿爾坎雷堤亞認識的一個超級漂亮的大姊姊重逢了。」

聽我開心地這麼回答，惠惠整個人靜止不動。

「是、是喔？那真是太好了呢。既然如此，就表示你們一起泡澡了是吧？」

「就是這麼回事呀。嗯，她真的很大。說不定比達克妮絲還要大呢。」

達克妮絲似乎也在聽我們的對話，在我這麼說之後就做出了過度反應。

「你幹嘛突然說這種話！應該說，我們也不過稍微沒注意你一下，你這個傢伙就幹出這種好事來……不過，一個女人隻身出現在這種冷清的中繼地點旅店，未免有點可疑吧？」

揹著在昨天晚上的戰鬥當中扭曲變形的鎧甲，表情看不出來是在生氣還是在害羞的達克妮絲，對我說了有點像是在說教的話。

「沒問題啦，那個大姊姊毋寧說是個給了我各種忠告的好人。阿爾坎雷堤亞的時候也是，昨天晚上她也說自己遇見了山賊，所以叫我要小心呢。」

聽我一派輕鬆地這麼說，對我們的對話充滿興趣的芸芸歪著頭表示。

「不好意思，那個人遇見了山賊還好嗎？我想，她遇見的大概就是那個時候跑來糾纏我們的山賊吧？既然是個美女大姊姊，我實在不覺得她能夠安然無恙……」

「這樣啊。瞧妳一臉乖巧的樣子，卻還是一樣心思不純正，滿腦子不可告人的妄想嘛。」

惠惠一邊避免踩到在她腳邊不停跑來跑去的點仔，一邊在芸芸提出疑問的時候，這麼插嘴調侃她。

對耶，這麼說來芸芸確實沒說錯。

那個大姊姊碰上山賊，怎麼能夠安然無恙啊？

……也罷，這就表示她再怎麼說也是和魔王軍有關的人吧。

或許只是外表看不出來，其實她的戰力相當高強。

不過，就算聽見這種疑問，我對那位大姊姊還是沒有什麼特別的感覺。

照理來說，知道那個大姊姊可能擊退了山賊之後應該特別提防她才對，但或許是因為一起泡過好幾次澡吧，我還是不認為她會有多危險。

「妳給我等一下，對方是山賊耶，正常人都會這麼想吧！再說，惠惠根本沒資格說我心思不純正吧！妳明明就跟和真先生一起洗過澡，蓋過同一條被子不是嗎！」

「喂，那種事情我自己提無所謂，但從別人口中聽見會讓我很害羞，所以別再說了！」

看著因為之前拿奇怪的事情來說嘴結果現在遭到反擊的惠惠，我回想起那個大姊姊。

「……真的有夠大的。」

「「！」」

——接下來的路途上，除了和昨天一樣繼續到處追著凱詩柏莎玩的阿克婭遭受突然出現的毛球大精靈反擊而被弄哭以外，沒有發生什麼值得一提的事情。

終於，在天色開始變得昏暗的時候，我們抵達了目的地，也就是堡壘。

「——好大啊……」

然後，我們現在全都抬著頭，仰望大小和王城相去不遠的堡壘。

不愧是維持最前線的堡壘，外牆看起來相當堅固，想要破壞也不是那麼容易。

據說有約莫一千個人在裡面生活的這個堡壘，光是座落在那裡便足以散發出壓倒四周的存在感。

「這座堡壘真的因為僅僅一個魔王軍幹部而快要被攻陷了嗎？再怎麼說，就算是幹部也太勉強了吧。」

「我也這麼覺得，但是魔王軍幹部級的敵人全都是能夠隻身毀滅一座都市的強者。照理來說，我們能夠輕鬆打倒那麼多魔王軍幹部這件事情本身還比較奇怪。」

聽了達克妮絲的回答，我回想起魔王軍的幹部們。

——面對眾人圍攻也沒有露出任何破綻，擁有壓倒性的劍術，具備不死者的無限體力以及高強的魔法抗性，面對任何強敵都能夠以死亡宣告在一段時間之後將其咒殺的無頭騎士，貝爾迪亞。

——具備化為人身的能力，擁有高強的魔法抗性以及光是碰到就會當場死亡的劇毒，能夠以壓倒性的巨大身體吞噬萬物，吃盡一切的死亡劇毒史萊姆，漢斯。

——不斷將怪物吸收到體內，把各式各樣的特性及能力納為己用，能夠無限進化的合成獸，席薇亞。

——已經到了讓人完全想不到該怎麼消滅他才好的地步，說他的存在本身就是犯規也不為過的公爵級惡魔，巴尼爾。

——擅使上級魔法和瞬間移動魔法，甚至就連爆裂魔法都會用，擁有一般武器傷害不了的肉體還有以「Drain Touch」為首的各種特殊能力，身為不死者之王的巫妖，維茲。

……只看能力和強度的話，各個都是讓我只能慶幸自己遇見他們之後還能存活下來的強敵。

怎麼辦，我原本以為只要有爆裂魔法和堅固的堡壘就可以輕鬆解決，現在還是越來越想回家了。

就在這個時候——

正當我終究還是害怕了起來的時候，堡壘的瞭望兵發現了我們，幾名騎士從裡面現身。

「前面的冒險者。這裡是抵擋魔王軍用的堡壘。你們到這裡來到底有什麼事情？」

其中一名騎士一面堤防著出現在這種地方的我們，一面走了過來。

「我們是知道這個國家陷入危機所以過來當援軍的冒險者。我們多半都是上級職業，我覺得應該可以派上用場才對。」

「上級職業……原來如此，那真是太感謝你們了。不過，我想先請你們出示能夠證明身分的東西。因為魔王軍幹部可能潛伏在這裡的周邊，還請你們配合。呃，首先請……」

接過惠惠遞出的冒險者卡片，那名騎士整個人僵住。

「惠……惠惠……小姐……是嗎？」

「我的名字有問題嗎？」

「沒有！完全沒有任何問題，是我失禮了。我確認完了，那麼接下來是……芸芸小姐，是嗎？」

「是、是的……那是我的本名，我就叫芸芸……」

「喂，你好像從剛才就對我們的名字有意見是吧，有話想說就說啊，我洗耳恭聽！」

見騎士一再對名字有所反應，惠惠高舉法杖，暴怒了起來。

「沒有，我沒意見，對不起！下一位是……佐藤和真……佐藤……和真？」

連忙將卡片還給惠惠和芸芸的騎士，在看了我的卡片之後露出一臉狐疑的表情。

哎呀，我的狀情況和剛才那兩個名字很奇怪的傢伙不一樣，對我的名字有所反應的話，或許就表示我也變得有點出名了吧。

沒錯，說來說去，我們也建立了不少功績——

「佐藤和真！你就是那個惡名昭彰的佐藤和真嗎！在王都對愛麗絲殿下灌輸了一堆不必要的事情，給克萊兒大人和蕾茵大人添了一大堆麻煩之後被趕出王城的那個凶惡的……！」

「喂，你給我等一下。」

原來事情在這個國家的騎士之間被傳成這樣了啊。

不，他們是沒說錯，但總覺得……

「非常抱歉。就是……這座堡壘是守住和魔王軍之間的戰線的重要據點。所以，我們不能讓不知名的人物進去裡面……」

「你明明就知道我的名字不是嗎？」

看來他是把我當成燙手山芋了。

這時，原本待在後面，看似隊長的男子走上前來。

「你這個傢伙就是惡名昭彰的佐藤和真啊。不過是區區的冒險者，你那是什麼態度？我們可以把你當成可疑人物，當場宰了你喔。你這個下賤的低等級冒險者，快點離開這裡！」

隊長把手放在劍柄上，以高壓的態度恫嚇我。

惠惠似乎因此感到惱怒而握緊了法杖，達克妮絲也板著臉走上前去。

看見兩人的動作，周圍的騎士們也紛紛把手放到劍柄上。

「你們這些冒險者是什麼意思，想反抗我們嗎！」

為什麼像他們這種人總是這麼耐不住性子呢？

總覺得這個世界的貴族們，除了達克妮絲以外，好像都把人命和人權之類的事物看得很輕的樣子。

我對著板著臉走上前去，對似乎有話要說的達克妮絲伸出手。

「退下！你們知道這位小姐是誰嗎！她可是鼎鼎大名的達斯堤尼斯家的千金，達斯堤尼斯・福特・拉拉蒂娜大人！你們站在那邊幹嘛，還不快跪下！」

「「啥！」」

聽我這麼說，騎士們瞬間臉色發白，跪了下去。

突然被我這麼介紹的達克妮絲大吃一驚，不知為何，就連惠惠和芸芸也跟著騎士們一起跪了下去。

「連妳們也跪下去了是怎樣？」

「不、不好意思。因為事情來得太過突然，害我也跟著他們跪了……」

「我、我是因為原本不知道達克妮絲小姐是貴族……」

在兩人一邊這麼說，一邊拍拍膝蓋站了起來的同時，隊長戰戰兢兢地問道：

「您、您真的是達斯堤尼斯爵士嗎……？呃，該怎麼說呢，非常抱歉，達斯堤尼斯爵士，我們不認得您的長相，才會做出如此失禮至極的舉動……！……不過，我不是想要懷疑您，只是礙於職責，方便的話原則上我還是得確認一下……」

聽他這麼說，達克妮絲不發一語從胸前掏出刻有家紋的項鍊，同時也拿出卡片給他看。

看了她拿出來的東西，隊長的臉色從鐵青轉為蒼白。

「非非非、非常抱歉——！我們完全不知道您是達斯堤尼斯爵士，竟然對您與您的同伴如此失禮！」

「哇，態度還變得真快啊！哎呀——一想到剛才差點就要被砍了，我就覺得心頭一痛啊——感覺好像在內心留下了一生都難以平復的創傷呢——啊啊，回想起剛才的那些互動，我就覺得胸口好不舒服……！」

對著不停道歉的隊長，我壓著胸口，裝模作樣地掙扎了起來。

而惠惠似乎也察覺到我的意圖——

「哎呀，這下不好了！真是的，他可是我們家拉拉蒂娜大小姐的隨從耶，居然用那麼過分的態度對待他！」

說著，惠惠以法杖的前端抵著隊長的臉頰轉來轉去，發洩剛才的鬱悶。

「快道歉！快點為了剛才準備攻擊我們道歉！快點道歉啊，說對不起！」

被惠惠戳著臉頰，又被阿克婭抓住肩頭一直搖晃的隊長，儘管太陽穴不住跳動，還是毫不抵抗地靜靜閉上眼睛，對著羞紅了臉頰，顫抖個不停的達克妮絲低下頭。

「非、非常抱歉。真的非常抱歉。我們差點危害到達斯提尼斯爵士的同伴，照理來說，做出這樣的行為應該要切腹謝罪才對。然而，就是……」

見隊長快要說不下去了，我不知分寸地把手放在他的肩上說：

「不不不，我也不希望你做到那種地步。這也是你的職責嘛。不過你知道嗎？我們一路長途跋涉到這裡也很累了耶。也不是說希望你可以表現出誠意啦，只是希望你可以準備房間供我們在停留在這裡的期間內使用……」

「這個我們自然會準備妥當！我們會為達斯提尼斯爵士與爵士的同伴們準備符合各位的地位的房間！」

見騎士隊長一臉僵硬地點頭答應，達克妮斯害羞地低下頭。

第四章 為威嚴不再的諸神獻上神聖的祈禱！

1

所有人都分到自己的房間之後，我立刻將行李丟進房間裡，和閒得發慌的阿克婭一起在堡壘內部探索。

或許是因為戰況真的很不理想，走過我們身邊的冒險者和士兵們感覺都相當緊繃，毫無餘裕可言。

在這樣隱約瀰漫著緊張氣氛的堡壘之中。

我和阿克婭來到掛著「控制室」牌子的房間裡面，興致勃勃地亂動裡面的東西。

「吶，和真。這裡有很多神祕的按鈕和控制桿耶，這怎麼看都是叫我亂按對吧？」

「就是叫妳亂按沒錯。不如說有按鈕卻不按的人才有問題。」

「你們兩個突然跑進來還胡說什麼啊！那些是堡壘的升降橋和大門的開關桿還有陷阱的按鈕，絕對不可以按喔！我再說一次，絕對不可以喔！」

士兵說出這種搞笑藝人似的發言，果不其然，阿克婭有了反應。

「既然你都說成這樣，我不按怎麼可以呢？總之就先從這個有玻璃罩保護的按鈕……」

「那是放棄堡壘的時候用的自爆按鈕，請不要按！請不要……就叫妳不要按了是聽不懂喔，你們給我滾出去啦！」

我們被突然發怒的士兵趕了出來，呆站在房間前面。

「又被趕出來了。這裡的人們未免也太緊張了吧。」

「畢竟是位於最前線的堡壘嘛，大家都很緊繃吧。」

或許是因為到每個房間都隨便亂碰，走到哪裡都被趕出來的我們終於無處可去了。

「沒辦法了。這裡好像有可以免費利用的餐廳，我們去那裡白吃白喝吧。」

「真是個好主意。我回去拿行李裡面的酒然後帶過去好了。」

我還想說這個傢伙到底是放了什麼才可以把背包塞到那麼鼓呢，原來還帶了酒過來啊。

就在這個時候。

「阿克婭大人！這不是阿克婭大人嗎！」

走廊的另外一頭傳來一個好像在哪裡聽過的聲音。

那個似曾相識的男人是……

「你不是雨劍嗎，好久不見了。」

「我叫御劍！你該不會是故意叫錯的吧！你也差不多該記住我的名字了吧！」
是擁有魔劍的劍術大師，御劍。
「阿克婭大人，好久不見了！您看起來還是這麼有精神……」
「是啊，我非常有精神喔。魔劍哥也還好吧？話說回來，總是跟在你身邊的後宮成員們呢？」
「後宮成員！不、不是啦，因為戰況惡化，這裡變得很危險，我就叫她們兩個退到王都去了……啊，對了！」
御劍將視線從阿克婭身上轉到我身上。
「佐藤，你為什麼把阿克婭大人帶到這麼危險的地方來呢？你知不知道這裡是什麼樣的地方啊！」
「我知道啊。這裡是和魔王軍交戰的最前線，而且有個魔王軍幹部會定期前來襲擊這裡對吧？」
御劍聽了，露出一臉既然知道幹嘛還來的表情。
「我們是為了在這裡努力的你們才過來幫忙的。聽說對方自稱是邪神啊？所以我想說，我們這邊也該由身為神的我出馬才行。」
之前大呼小叫地說無法原諒對方沒經過她的允許就自稱邪神的阿克婭，一臉理所當然，輕描淡寫地這麼說。

「阿克婭大人要和那個女人戰鬥嗎！這、這樣……的確，阿克婭大人應該能夠對抗那個女人，但是她很危險喔。對方明明只有一個人，卻能夠將我們逼入險境，連這個堡壘都差點被攻陷。」

御劍這麼說，對阿克婭露出一臉擔心的表情。

「魔王軍幹部是女的啊……是說問題就在這裡。我知道對方自稱是邪神，不過這個堡壘裡面也有好幾個開外掛的日本人對吧？而且，還有你這個輸給我但等級很高的魔劍士。不過你還是輸給我就是了。在這樣的情況下，對手還只有一個人，你們卻陷入苦戰是怎樣？」

「用、用不著開口閉口就說我輸給你吧，吵死了，反正我想上訴你也會拒絕吧……這個嘛，我們會陷入危機是有原因的。應該說，你還沒看過那個嗎？」

……那個？

我和阿克婭歪頭不解。

「從這個反應看來應該是還沒吧。反正你們應該很閒吧？我帶你們去看個好東西。」

說完，御劍便站到我們前面，邁開腳步。

——在御劍的帶領之下來到堡壘外面的我們，在這裡目睹了某種光景。

我們看見的是足以稱為堡壘命脈的外牆的一部分。

外牆理應相當堅固，卻只有那一面看起來像是遭受過好幾次強烈攻擊，就快要崩塌了。

「喂，這該不會是……」

更重要的是，攻擊留下的那種慘烈的痕跡對我而言相當熟悉。

這也難怪，因為我每天都在看類似的破壞痕跡。

惠惠給我的爆裂品評師稱號可不是浪得虛名。

「沒錯。魔王軍幹部沃芭克——會用爆裂魔法。」

御劍這麼說完，向無言以對的我露出苦笑。

2

和御劍分開之後，我和阿克婭把大家叫到房間裡來。

「好。那麼接下來，我們就來決定今後該怎麼辦吧。」

望著過來集合的大家，坐在床上的我開口這麼說。

「今後該怎麼辦是什麼意思？我剛才去見過這個堡壘的司令官了。我告訴他我們有數度擊退魔王軍幹部的經驗之後，他就說想要把指揮權交給我們。」

達克妮絲在我不知道的時候給我找了更多麻煩，害我差點絕望抱頭。

老實說，這次真的沒轍了。

我原本的計畫，是窩在堡壘裡保護自己，敵人現身之後，就趁對方發動攻擊之前，以射程最長的攻擊魔法——爆裂魔法先發制人。

無論對方是靈體還是什麼，就算是神祉或惡魔，任何存在都一樣，爆裂魔法都能夠造成傷害。

在原本的計畫之中，我預估光是這招就能夠擊退大部分敵人了，但既然對方也會使用相同的魔法，當然就失去了魔法射程距離上的優勢。

「不，其實是這樣的。聽說，那個叫作沃芭克的魔王軍幹部什麼不會，偏偏就是會用爆裂魔法。」

「！」

聽我這麼說，惠惠踢開椅子站了起來。

大概是對爆裂魔法這個關鍵字產生反應了吧。

「你說爆裂魔法！這、這還真是始料未及呢……因為有惠惠在，我很清楚那招的威力，所以老實說，我還真不知道該怎麼對抗那招……」

芸芸歉疚地低下頭。

「沒問題，包在我身上！我過去有成功接下爆裂魔法的實績！我自願當吸引的人的誘餌。大家只要解決掉施展魔法之後渾身都是破綻的對手就可以了。」

「妳現在沒有鎧甲吧？就算有阿克婭的支援魔法也無法保證妳能夠平安活下來喔。」

鎧甲在對付龍殭屍的時候遭到破壞的達克妮絲雙肩一垮，看起來相當不滿。

阿克婭看見她的反應，用力點了好幾下頭。

「沒錯，簡單的說就是這麼回事。雖然都特地跑到這裡來了，不過對方也只是擅自說自己是邪神罷了，我想這次就放她一馬吧。我不是因為害怕了喔，你們想想，沃芭克這種小眾的邪神我連聽都沒聽過，這樣欺負她好像太可憐了。」

這個聽見對方會用爆裂魔法就第一個退縮的自稱女神，明明沒有人問她的意見，卻自己開口說了這些聽起來就像藉口的話。

這時，原本一直站著不動的惠惠，突然掀了一下披風。

「吾乃惠惠！身為阿克塞爾首屈一指的魔法師，乃窮究爆裂魔法之人！沒想到對方身魔王軍的幹部還自稱是邪神，而且還擅使爆裂魔法……！那個人正是我一直追尋的……命中注定的競爭對手了吧！」

「咦咦！」

不知為何，芸芸聽了惠惠的競爭對手宣言之後放聲尖叫。

「『咦咦！』什麼啊，既然會使用爆裂魔法，自然是個夠格的對手。而且，萬一要是我輸了，如果是爆裂死的話也是得償所望！沒錯，如果能夠死得那麼壯烈的話，我的人生也沒有絲毫悔恨了！」

聽惠惠說出這番無可救藥的話，芸芸淚眼汪汪地抓著她說：

「妳在說什麼傻話啊！應該說惠惠的競爭對手是我吧！為什麼要把見都沒見過的魔王軍幹部擅自升格為競爭對手啊！」

「妳、妳幹嘛突然這樣啊！妳這個人真的很麻煩耶，如果想要我承認妳是我真正的競爭對手的話，就去學爆裂魔法吧。到時候，我每天散步的時候都帶妳去。」

「我才不想學什麼爆裂魔法，也不需要妳帶我去散什麼步！更重要的是，對方會用爆裂魔法耶！面對那種對手……」

「竟敢說不想學什麼爆裂魔法！很好，我就當作妳這句話是在對我下戰帖了！好久沒一決勝負了，要是妳輸了，妳就得一直累積技能點數，直到學會爆裂魔法為止！」

「我、我才不要呢！我絕對不要賭那種會左右人生的事情……等等，惠惠妳的眼睛好紅！妳不是說真的吧？吶，妳不是說真的吧！」

我丟下開始扭打在一起的兩人，將今後的計畫告訴大家。

「雖然有個惠惠脫口說出那種蠢話，不過這次的敵人實在是危險過頭了。只要中了對方一招，我們甚至有當場全軍覆沒的可能。要是身體灰飛煙滅了，阿克婭也無法幫我們復活。所以，這次就先撤退……」

「你在說什麼傻話啊！面對這麼強的對手怎麼可以逃跑呢！她肯定是命中註定的對手，是啊，肯定沒錯！」

或許是越來越亢奮了，眼睛發出紅光的惠惠一隻腳踩在椅子上，擺出姿勢說：

「盯上吾之使魔點仔的人不但會用爆裂魔法更是魔王軍幹部還自稱邪神！這樣我當然只能打倒沃芭克，直接將魔王軍幹部和邪神的稱號全部接收了啊！」

「妳到底在說什麼啊……而且這次的風險也太高了吧。這種誰先出招誰就贏的勝負方式，勝率根本低到不值得賭。」

「勝率哪裡低了？本小姐喜歡的魔法是爆裂魔法。興趣當然也是爆裂魔法。說到我就會想到爆裂魔法。沒錯，提到阿克塞爾的爆裂魔法師就是在說本小姐。從學會這個魔法之後到現在的每一天我都在施展這招。詠唱速度與正確性，還有魔法的破壞力！我敢斷定，在爆裂魔法方面，這個世界上已經不存在超越我的魔法師了！」

惠惠毫不臉紅地說完這麼一長串之後，充滿自信地喘了口氣。

「妳之前在破壞毀滅者的時候不是輸給維茲了嗎？」

「那已經是過去的事情了。我在提升等級，學了各種提升爆裂系魔法威力的技能之後，正式找維茲挑戰爆裂魔法試射並且獲勝了。阿克塞爾第一的爆裂魔法師就是我本人。」

這個傢伙趁我沒注意的時候還做過這種事情啊。

「放心吧。我在遲遲無法入眠的夜裡總是複習爆裂魔法的詠唱直到睡著，無論面對任何敵人我都可以比對方更快完成詠唱！」

「喂，別鬧了喔，妳這個傢伙都在做那麼危險的事情嗎！」

這時，正當我打算對惠惠說教的時候——

隨著震耳欲聾的巨響，堡壘劇烈搖晃。

天花板上也掉了很多細碎的東西下來，除了惠惠以外的大家都不禁縮起身子。

每天都在惠惠身邊聽她施展爆裂魔法的我，當然也不會聽錯剛才的聲音。

剛才震撼了這座堡壘的，肯定是爆裂魔法。

正當通知敵人來犯的警報響徹整座堡壘之際，惠惠一個人一臉凝重地低吟著。

「嗯嗯，剛才的震動相當不錯。再加上發出魔法之前不久傳過來的魔力波動，這肯定是相當洗鍊的爆裂魔法。看來對方並不是平白無故或一時興起才學這招的呢。」

「妳倒是評論起來了啊。」

不過，擁有爆裂品評師稱號的我，也知道剛才那發的精準度相當高。

如果要給剛才那的爆裂魔法打分數的話，可以給到九十分以上。

「比起那個啊，惠惠，我們快走。現在正是大好機會，我們去打倒襲擊而至的魔王軍幹部吧！」

「咦？你、你怎麼了啊，和真，怎麼突然改變你剛才的意見了？」

還來不及穿上護胸等等防具，我只拿了武器便站了起來。

我對著一臉傻眼地看著我的行動的大家說：

「既然剛才發了爆裂魔法，就表示她今天沒辦法再用爆裂魔法了對吧？」

「「「啊！」」」

就算對方是幹部，爆裂魔法消耗的魔力那麼龐大，我不覺得她一天能夠發上兩次。

畢竟，就連同樣身為魔王軍幹部又是巫妖的維茲，光是發了一次爆裂魔法也幾乎耗盡了魔力。

既然如此，趁敵人現在耗盡魔力的時候出現在她面前也沒什麼好害怕的。

衝出房間的我確認大家也都跟上來之後，便前往御劍之前帶我們去的，一天到晚遭受爆裂魔法攻擊的地方。

上氣不接下氣的我們趕到現場，看見的是……

「還真慘啊。」

爆裂魔法似乎又落在遭到破壞的地方，現場只剩下化為成堆瓦礫的部分外牆，以及留在地面上的巨大隕石坑。

冒險者和騎士們似乎也和我們一樣在聽到爆炸聲之後趕了過來，聚集在現場。

我在人群之中找到熟悉的面孔，便過去問話。

「喂，魔王軍幹部上哪去了？趁現在她耗盡魔力的時候應該可以輕鬆打倒她才對吧？」

我找上面對遭到破壞的地方，茫然佇立的御劍，問他凶手的下落。

但是，我得到的回應卻是……

「沃芭克早就逃之夭夭了……這就是我們陷入苦戰的理由。邪神沃芭克總是忽然現身，從遠方發射爆裂魔法之後，在我們接近她之前就使用瞬間移動魔法撤退。」

在御劍這麼說的時候——

「魔王軍的精銳部隊目前在堡壘附近的森林裡面嚴陣以待。她恐怕就是逃回那裡，累積到足夠的魔力之後再過來吧。對方就只有數量特別多，而且森林又是怪物們的地盤。在沒有外牆的堡壘外面，而且還是到對方擅長的地形去戰鬥的話，會輸的是我們。話雖如此，即使

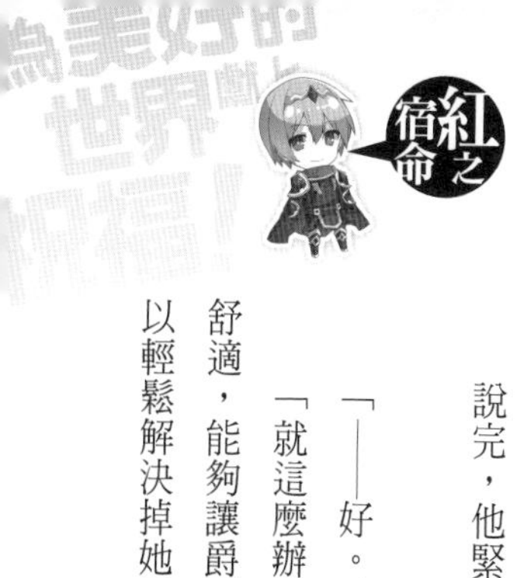

就這樣一直窩在堡壘裡面，等到外牆完全遭到破壞之後，待命以久的精銳們也會在時機成熟的那一刻攻過來吧。」

恐怕是因為像剛才那樣的事情已經重複發生過好幾次了吧，附近的其他人也都一臉憔悴地垂頭喪氣。

想要去解決掉發完爆裂魔法的幹部也會遭到敵人的精銳們阻撓，話雖如此，若是為了迎擊大軍而窩在堅固的堡壘裡面，幹部又會來轟爆裂魔法。

以大軍包圍再用爆裂魔法逼出我們，雖然是只靠蠻力的單純戰術，效果卻也因此而特別顯著。

說明結束之後，御劍表示：

「沃芭克和魔王軍的精銳們。至少能除掉其中一邊的話，應該還有辦法突破現狀……」

說完，他緊緊握住魔劍的劍柄，心有不甘地閉上眼睛——

「——好。咱們逃吧。」

「就這麼辦就這麼辦。我們回阿克塞爾去幫爵爾帝做張床。做張比那種邪惡的脫殼還要舒適，能夠讓爵爾帝喜歡的超讚睡床。放心啦。不過是魔王軍幹部，等爵爾帝長大之後就可以輕鬆解決掉她了。」

回到房間之後，我和阿克婭立刻開始準備回家。

達克妮絲見狀，連忙跑來對我們說：

「等、等一下，和真。我不是說他們已經將這座堡壘的指揮權硬塞給我了嗎。在這種狀況下卻說『還是算了我走了』的話未免太……」

「為什麼妳偏偏要在這種時候接下那種麻煩的工作啊！」

「還不是因為你搬出我的名號狐假虎威！」

正當我和達克妮絲在鬥嘴的時候。

「哎呀？這麼說來，芸芸上哪去了？我以為她一直到剛才都還和我們在一起呢。」

「她去幫忙用魔法修復遭到破壞的外牆了。」

「原來如此，不愧是人家說比較能幹的那個紅魔族。我也去看看有沒有傷患好了。」

「妳說說看比較不能幹的那個紅魔族是誰，我洗耳恭聽。」

為了逃離眼睛開始發亮的惠惠，阿克婭難得說出很有祭司風範的話，離開了房間。

達克妮絲見狀，用力點了好幾下頭。

「阿克婭和芸芸都努力在做自己能力所及的事情呢。太厲害了，不愧是資深冒險者。吶，和真，我們已經可以算是資深冒險者了對吧？」

明明面臨這種非常事態，達克妮絲的眼睛卻閃閃發亮了起來，讓我更加煩悶。

這個傢伙好像特別崇拜英雄、勇者之類的人物。

這樣的她，應該不會想丟下這座陷入危機的堡壘不管吧。

正當我煩惱著該如何說服這個頑固的傢伙的時候，就連看著這一切的惠惠，也一臉歉疚地開了口。

「那個，和真……我知道這麼做很危險，不過可以給我唯一的一次機會嗎？大家都在堡壘裡面待命沒關係。我想找個地方躲起來埋伏，等到沃芭克下次來到這裡的時候，我一定會先一步對她施展爆裂魔法給你們看。」

說完，她難得一臉認真地低下頭去。

……真是的，這些傢伙怎麼各個都這樣啊。

「……我有感應敵人技能和千里眼技能，就連潛伏技能都有，有我在的話更能大幅提升埋伏的成功率。我陪妳去就是了，等到敵人出現之後就交給妳了喔。」

或許是沒想到我會這麼說，惠惠瞪大了眼睛之後，嘴角緩緩浮現出笑意。

「包在我身上！」

眼睛發出紅光，看起來很高興的惠惠以她嬌小的身體挺起胸膛，表現出可靠到了極點的模樣。

3

隔天。

在堡壘附近的廣大森林之中，我爬上一棵大樹，環顧堡壘周邊。

「魔王軍已經來到那麼近的地方了啊。」

在堡壘附近，距離只有幾公里的森林裡，一支疑似魔王軍的軍隊布下陣營在那裡待命。

我看不出有些怎樣的怪物，只知道數量真的很多。

如果那支大軍攻向這座堡壘的話，要是沒有堅固的外牆和陷阱，確實是三兩下就會被攻陷了吧。

我從樹上爬了下來，把我看到的狀況告訴惠惠她們。

「根據堡壘裡的人們所說，沃芭克在施展爆裂魔法的時候，總是隻身前來。所以我想了一個作戰計畫。」

我望著大家說：

「首先，用我的潛伏技能躲在這附近埋伏。如果對方沒發現我們，惠惠就施展魔法一招

收拾掉她。萬一被她發現我們了，芸芸就用折射光的魔法讓惠惠隱身，同時由達克妮絲在阿克婭施展支援魔法之後上前吸引敵人的注意。我和阿克婭一面幫達克妮絲助攻，一面製造機會。惠惠如果覺得可行的話，隨時可以對敵人施展魔法……這樣沒問題吧？」

再次確認過作戰計畫之後，大家都露出幹勁十足的表情……

「和真先生和真先生，我是這麼覺得的。我覺得，應該要有人負責保護這個孩子才對。因為，我們不可以讓這麼可愛又弱小的生命暴露在危險之中啊……吶，很痛耶。你明明就會親近其他所有人，為什麼老是只抓我一個人啊？」

只有阿克婭一個人這麼說，抱著點仔的手還被牠伸爪抓住，痛得皺起眉頭來。

那顆毛球平常明明很乖巧，今天卻一大早就相當亢奮，一直跟在大家後面到處跑。

因為很危險，我們原本想把牠留在房間裡的，但牠卻說什麼也要跟過來。

我將格外不安分的點仔交給芸芸之後，對阿克婭以及達克妮絲說：

「好，這樣就準備完成了。接下來只等那個叫沃芭克的傢伙現身了。」

「吶，和真，我開始有點害怕了耶。」

「妳在過來這裡之前不是還說得一副天不怕地不怕的樣子嗎，達克妮絲。」

——我們潛伏在森林裡，不知道等了多久。

傳聞中的魔王軍幹部就出現在躲進堡壘附近的森林裡的我們前方。

那個傢伙以寒酸的長袍遮掩身子，將兜帽拉得很低，悠然走向堡壘。

身體線條幾乎都被遮住了，不過還是看得出對方是女性。

之所以走得那麼悠閒，大概是因為就算我們打算迎擊她而主動接近，她也隨時能夠以爆裂魔法從遠方先發制人，才會那麼氣定神閒吧。

而且在施展魔法之後，也只要用瞬間移動魔法逃跑就好。

「居然用那麼骯髒的戰鬥方式。她就不能堂堂正正地正面戰鬥嗎？」

「如果那個幹部聽到這句話，應該也會說你沒資格這樣講吧。」

聽見我不禁脫口而出的那句話，達克妮絲也從善如流地吐嘈。

在阿克婭對這樣的達克妮絲施展支援魔法時，長袍女也沒有停下腳步。

或許是到了爆裂魔法能夠命中堡壘的射程距離了，她在距離我們稍遠的地方站定。

「喂，惠惠，趁現在先偷偷完成魔法的詠唱吧。不需要聽對手想說什麼。趁她還在鬆懈的時候先發制人，結束這一切吧。」

「不久之前還在罵對方不會堂堂正正地戰鬥，結果現在卻說這種話啊。這樣的作戰計畫相當狡詐，不過也好。可以的話，我想盡可能避免讓達克妮絲硬接爆裂魔法。」

正在期待接下來可能會遭受超強力攻擊的達克妮絲臉上隱約顯示出幸福洋溢之感，不過

雖然對不起那個傢伙，現在還是應該盡快打倒敵人回家去。

就在這個時候——

長袍女忽然像是察覺到什麼似的，不偏不倚地看向我們這邊。

我的潛伏技能被看穿了嗎？

我們繼續按兵不動，結果不久之後，長袍女往我們這邊走了過來……

「被發現了！惠惠，妳就大大方方開始詠唱魔法吧！在對方使用魔法之前，我們要搶先轟下去！」

「交給我吧，和真！」

正當惠惠開始詠唱魔法時。

「呀！等等，你是怎麼了，點仔？怎麼突然開始猛力掙扎！」

芸芸抱在手上的點仔開始猛力掙扎，試圖脫離她的懷抱。

我不知道這顆毛球為什麼掙扎，不過現在沒空管牠了。

在惠惠完成魔法的詠唱之前，我們得吸引敵人的注意才行！

「達克妮絲、阿克婭！我們去爭取一段時間！」

我對她們兩個這麼說，然後從樹叢裡面衝了出去。

歪了好幾次頭，一臉狐疑地走進我們這邊的魔王軍幹部，看見突然出現的我的臉孔似乎嚇了一跳，原地站定。

「吶，和真，為了以防萬一，我應該在後面待命比較好吧？因為，如果我有了什麼萬一的話，你也沒辦法復活了喔！吶，你有沒有在聽啊？」

「別說那麼多，跟我來就對了！反正對我而言，要是中了爆裂魔法根本連一點肉屑都不會剩，況且要對付自稱邪神的敵人的話，雖然我很不想這麼說，但也只有妳辦得到了！」

我帶著哭喪著臉，感覺隨時都會逃跑的阿克婭，與魔王軍幹部對峙。

不久之後，晚我們一步衝出來的達克妮絲站到我們前面，護住我們。

……然而，原本以為會對我們發動攻勢的兜帽女卻是動也不動，只能從她稍微露出的下半臉看出驚訝之色。

「……怎麼了？她好像看著我們感到很驚訝的樣子。難道是我的長相和名字在魔王軍當中也開始傳了開來，所以她看見我感到害怕了嗎？」

「也有可能是第一次看見這麼搞笑滑稽又稀奇的長相才那麼驚訝吧。」

正當我想著該怎麼整治胡亂插嘴的阿克婭時，站著不動的兜帽女將她戴在頭上的兜帽掀開，露出臉來。

——從兜帽底下露出臉來的，是有著一頭紅短髮和貓科動物般黃色眼睛的大姊姊。

沒錯，站在那裡的，是和我一起泡過幾次澡的那位大姊姊。

同時，不知為何，芸芸的驚叫聲從我們身候傳了出來。

「……你在這種地方做什麼？」

「我才想這麼說呢。妳不是那個喜歡泡澡的大姊姊嗎？」

好吧，老實說，我早就稍微有這種預感了。

我從很久以前就知道她和魔王軍有關。

然後，她在阿爾坎雷堤亞和魔王軍幹部漢斯講話的時候用的也是平輩的口吻，而且雖然事情已經過了很久所以我不太確定，不過我覺得，漢斯那個時候好像用沃芭克這個名字稱呼這位大姊姊。

現在想想，或許是我們一起泡過澡，讓我無法討厭這位大姊姊，所以我才不想承認她是我們的敵人吧。

大姊姊……不，那位魔王軍幹部開口說：

「這麼說來，我還沒告訴過你我的名字對吧。我叫沃芭克。是魔王軍幹部之一，掌管怠惰與暴虐的女神，沃芭克。」

她眯起貓一樣的黃色眼睛，散發出強烈的壓力，如此宣言。

……真傷腦筋啊，我得和這個人戰鬥嗎？

「……不好意思，老實說，我早就知道大姊姊是魔王軍的一員了。然後，我其實有件事情想問妳。在我看來妳不像是個壞人，為什麼會變成魔王軍的幹部呢？」

聽了我單純的疑問。

「想問我為什麼啊……這種時候，依照慣例應該要這麼說才對吧？」

說完，她露出開懷的微笑。

「想知道的話，就得先打倒我再說。」

說著，她的笑容多了幾分失落與虛渺。

可惡，還是只能動手了嗎？

看著她虛渺的笑容，我覺得心頭一緊，心想有沒有辦法能夠避免這場戰鬥……

「——吶，在妳說那些意有所指的話醞釀出神祕的氣氛之前先給我等一下。看來妳姑且是真的有神格沒錯，不過掌管怠惰與暴虐的女神是怎樣？傳達事情的時候必須要正確，否則小心被告廣告不實喔。報上名號的時候要乖乖說自己是邪神才行。」

正當我這麼想的時候——

原本還在害怕的阿克婭破壞了一片嚴肅的氣氛，突然說出這種話來。

或許是沒想到第一次見面的人會對自己如此口出惡言，沃芭克顯得有點困惑。

話說回來，這個傢伙剛才好像說到真的有神格還是怎樣的對吧。

既然如此，就表示眼前的對手並非信口胡謅，而是真正的邪神嗎？

「我只不過是掌管著怠惰和暴虐這些印象比較不好的感情而已，原本確實是女神沒錯，並沒有廣告不實喔。」

「妳說謊！吶，和真，這個自稱女神剛才說謊了！在這個世界正式受到承認的女神，就只有我和艾莉絲兩個而已！快道歉！妳擅自說自己是女神，玷汙了清新美麗又尊貴的女神之名，快點為此好好向我道歉！」

平常一直被我叫成自稱女神的阿克婭趁著這個好機會大吵大鬧了一番。

一開始還顯得困惑的沃芭克，眉毛越挑越高了。

「等、等一下，妳突然說這種話是什麼意思？很久以前，我確實是真正的女神。在我加入魔王軍之後，有一群叫什麼阿克西斯教團的怪人擅自認定我是邪神，後來我礙於無奈，偶爾也會自稱是邪神！不過就算是這樣，第一次見到我的祭司也沒有資格對我說這種話！」

「妳剛才說我們家的孩子們是怪人對吧！居然敢瞧不起在這個世界無人不知，無人不曉的阿克西斯教團，妳這樣真的算是神嗎？最根本的問題是，妳真的有信徒嗎？噗嗤嗤，沃芭克到底是哪來的小眾神啊，這個名字我連聽都沒聽過耶！」

面對不斷搧風點火的阿克婭，沃芭克微微顫抖了起來。

「身、身、身為凡人居然敢瞧不起神，你可不要以為我會就這樣放過妳！如果妳還算是祭司的話，就算是其他宗派的神也應該以禮待之才對！」

面對勃然大怒的沃芭克，阿克婭將頭髮往上一撥。

「凡人？妳說本小姐是凡人？妳就是因為那麼有眼無珠才會被人家叫成自稱女神啦！」

我實在很想吐嘈說妳還不是因為有眼無珠才會被人家拿雞蛋誆騙，這時阿克婭像是要對方看清楚似的強調著自己身上的羽衣，趾高氣昂地挺起胸膛。

然後，顯得格外強勢的阿克婭，對著沃芭克報上自己的名號。

「我是阿克婭。沒錯，就是阿克西斯教團祭拜的主神，水之女神阿克婭！向妳這種連我都沒聽過的小眾神居然敢對我抗議，未免太不知分寸了！」

「咦！」

沃芭克驚訝到整個人僵住，再次端詳起擺出一臉跩樣的阿克婭。

「……我說妳啊，假冒女神之名會遭天譴喔。」

「給我道歉！竟然敢說我冒名，給我道歉！」

就連邪神也不相信自己是女神，惹得阿克婭勃然大怒，撲向沃芭克。

「等等，快住手！無禮之徒，小心我讓天譴降臨在妳身上！像是偶爾休假，醒來之後卻什麼都不想做，最後在被窩裡滾了一整天，白白浪費好不容易得來的假日之類！」

「有本事妳就試試看啊！會降臨在妳身上的天譴則是妳在上廁所的時候碰到外面有人在等，馬桶卻塞住沖不掉的狀況！」

「女神不會去上廁所啦，這種天譴沒什麼好害怕的！」

「我幾乎每天都在休假，我也不怕妳的天譴啦！」

怎麼辦？

明明是第一次見面卻幼稚地揪在一起吵架的這兩個人，原則上是神祉對吧？

我還以為神明應該是更尊貴、更偉大的才對。

「吶，和真。我看還是丟下這兩個人，別管她們了吧？」

「我也這麼覺得。但對方原則上似乎真的是幹部，再怎麼樣也不能真的這麼做吧……」

就在我和達克妮絲如此交頭接耳的時候，抓著對方的阿克婭似乎終於忍無可忍了，將手朝天高舉。

隨著她的動作，附近開始冒出霧氣。不一會兒，凝聚在一起的霧氣逐漸形成一顆一顆的水球。

……這個笨蛋，她忘記我們的目的是挑釁敵人絆住她了嗎！

應該說，惠惠到底在幹嘛啊？她應該早就完成魔法的詠唱了才對吧！

「看來我得認真起來，讓妳好好見識一下水之女神的力量才行！妳這個邪神未免也太囂張了吧！明明就連像我們家的孩子們那種開朗積極清新正向又自由的信徒也沒有！」

「妳、妳看起來明明就這麼笨，真的是水之女神嗎？不過，我之所以被認定為邪神也是妳那些找人麻煩的信徒害的！而且，魔王軍裡面確實有我的信徒！妳自己還不是一樣，和艾莉絲女神比起來妳也小眾到不行啊！」

…………

「『Sacred Create Water』！」

「『Te』、『Teleport』——！」

火大的阿克婭所施展的魔法，在這一帶召喚出大量的水——！

終章

為宿命之邪神獻上爆焰！

1

遭受沃芭克的襲擊，阿克婭閣下各種大禍的隔天。

「今天一定沒問題。拜託，讓我試試看吧！」

昨天看著沃芭克遲遲沒有攻擊的惠惠來到我的房間，開口第一句話就是這麼說。

「呃，可是，真的沒問題嗎？應該說，妳昨天到底是怎麼了……我知道了，是因為對方的外型像人所以妳猶豫了嗎？我懂妳的心情，換成是我的話，我也沒自信能夠對那位漂亮的大姊姊揮刀。」

聽我這麼說，惠惠用力搖了搖頭。

「無論對方外型像人還是小孩，只要是能夠得到大量經驗值的怪物，我都可以毫不留情地用魔法轟下去。不過，就是……」

儘管一副有話想說的樣子，惠惠還是說不出口。

從昨天開始，惠惠的狀況就不太對勁。

不對，就連芸芸也是一臉若有所思，苦思不已的表情，把自己關在房間裡鑽牛角尖。

她們兩個在來這裡之前對沃芭克這個名字的反應就相當過度，或許是有什麼不能告訴我的事情吧。

「我不知道妳是怎麼了，但無論如何，埋伏作戰都不能再試了。都怪昨天有某個傻子忘了我們的計畫，灑了大量的水。不但對手會因為這樣而提高警覺，就連外牆也在並未遭受爆裂魔法攻擊的情況下依舊受創。」

我們實在不應該在鄰近堡壘的森林裡埋伏的。

阿克婭召喚出的洪水，淹向已經瀕臨坍塌的堡壘外牆，幾乎成了擊垮外牆的最後一擊。

我姑且叫哭著說不要的阿克婭去補牆了，但大概還是杯水車薪吧。

不過，讓對方知道我們這邊有阿克婭這個女神在也不太妙。

平常老是無所事事，只會吃飽睡、睡飽吃，和住在附近的小朋友玩在一起，住在阿克塞爾這麼久了還是會迷路，但儘管如此，女神再怎麼說也是女神。

既然昨天發生過那樣子的事情了，對方應該會對我們的埋伏有所戒備才對。

「……這樣啊。不過，如果有什麼我可以做的事情就告訴我喔。話雖如此，我的強項也只有施展爆裂魔法就是了。」

說完，惠惠露出苦笑。

「也罷，總而言之，晚點再和大家一起想個作戰計畫吧。我們先好好……」

──吃頓飯。

最後這幾個字還沒說出口。

那個我已經聽得相當熟悉的爆炸聲再次響起，同時堡壘也劇烈搖晃。

──聽見聲音的我和惠惠奮力奔向現場。

其他人聽見剛才的聲響之後應該也都來了吧。

於是，當我們抵達現場時──

「快叫人來！把會用『Create Earth』的人，還有會製造魔像的人全都拖過來！快點修補外牆！」

慌忙趕到現場的騎士和冒險者們都已經在修補瀕臨崩塌的外牆了。

我試圖尋找沃芭克的身影，然而──

「已經不見蹤影了。大概是在攻擊了外牆之後，就為了恢復魔力而回去了吧。」

似乎也和我一樣在找沃芭克的惠惠這麼說。

發了爆裂魔法之後就用瞬間移動魔法閃人。

這個戰法相當單純，但效果實在很好。

不對，現在沒空想這些了。

我心想自己至少也能夠以「Create Earth」製造補牆用的土，所以走向外牆的時候……

「——啊——！喂，這是怎麼回事啊！損壞比我剛才看的時候還要嚴重了不是嗎！」

突然，這樣的聲音從一旁傳了過來。

「……妳怎麼穿成這樣啊，阿克婭？」

站在惠惠的視線前方的是阿克婭，她身上穿著令人懷念的工作服，頭上包著毛巾，令我回想起我們剛來到阿克塞爾的時候。

「哪有什麼好怎麼不怎麼的，和真叫我修補外牆，所以我做好了充分的準備啊。這到底是怎麼回事？真是的，是誰把牆壁弄成這樣的啊！」

「就是昨天遇見的那個邪神啊。我不是說明過了嗎？那個傢伙的目的就是要破壞這片外牆。既然妳那麼有幹勁都已經換好衣服了，那正好，我們和大家一起修補外牆吧。」

說著，我對著地面上的隕石坑施展「Create Earth」製造土壤。

……大家一定是每天都在做這種事情吧。

表情寫著頹喪的冒險者和士兵們將瓦礫聚集起來，堆在一起，試著想用來填補外牆的縫隙——

「喂，你們這樣不行啦！修補外牆的時候，要先在牆壁裡面搭建骨架。然後把土塗在骨架周圍，最後再抹上石膏來固定。看好了，先這樣再這樣，然後再這——樣。」

從我身後傳來的阿克婭的聲音，聽起來隱約有點得意。

她大概是回想起以前打零工的時候做過的圍牆外推工程才會這麼亢奮吧。

這麼說來，那個傢伙是很喜歡這種活動身體的勞動沒錯。

正當我像這樣想著這些不著邊際的事情時，背後突然響起一陣驚呼。

我轉過頭去看是怎麼回事，只見阿克婭面對著惠惠努力堆積起來的土堆，往外牆的縫隙一塗——

「好快！而且技術也太好了！咦，等一下！這是怎樣，妳什麼時候學會如此精湛的修補技術了啊！」

聽我驚叫出聲，阿克婭一臉我怎麼現在還在說這種話的樣子，開口說：

「你以為我是誰啊？我可是在告訴工頭說我有冒險者的工作上門要請假的時候，讓工頭

說出『快把那種工作辭掉來我們公司當正職人員吧』的阿克婭小姐喔。」

真的假的，工頭可沒有對我說過這種話喔。

不對，這種事情現在不重要啦。

我以前打工的時候沒有那個閒情逸致看這個傢伙的工作表現，不過現在仔細一看，她的技術簡直不輸給專業工匠。

我一方面覺得為什麼她優秀的一面都是表現在這種技術上，不過就只有在現在這種時候特別令人感恩。

這座堡壘之所以籠罩在一片悲愴感之中，是因為大家都覺得外牆即將被攻破，堡壘也將跟著被攻陷。

正因為如此，我們才會甘冒風險，想出埋伏沃芭克這招。

然而，阿克婭在這麼短的時間內整修好的部分，毋寧說怎麼看都比修補之前還要堅固多了。

「吶，這樣也太不合理了吧，妳這個傢伙。妳是不是有什麼補牆外掛啊？哪有乾得這麼快的啊？」

「你把尊貴的水之女神當成什麼了？操控水分並加速乾燥這點小事，可是易如反掌喔。在我負責洗衣服的時候總是特別乾淨，而且馬上就會乾了對吧？」

從今以後除了掃廁所以外，也讓這個傢伙專職負責洗衣服好了。

不對，應該說——

「……這招行得通！」

2

隨著一個巨大的轟隆聲，堡壘內不停晃動。

今天又像這樣跑來，真是辛苦她了。

我對著聽見那個聲音就開始蠢蠢欲動的阿克婭說：

「補牆隊長，該妳上場了。」

「交給我吧！好了，大家跟著我來！今天也讓你們好好見識一下隊長有多厲害！」

「隊長，拜託妳了！」

「補牆隊長！」

「補牆隊長，今天也麻煩妳了！」

聽我這麼說之後，阿克婭帶著陸續跟在她身後的冒險者與士兵們，喜不自勝地前往現場。

暫時接下這個堡壘的指揮權的達克妮絲，封了補牆隊長這個謎樣的頭銜給阿克婭。

「補牆隊長。隊長的任務相當重要，足以左右這過堡壘的命運……總之，交給妳了。」

「我知道了，司令官！放心吧，我可是隊長耶。隊長很了不起，才不會輸給邪神呢。」

「隊長！」

「不愧是隊長！好了好了，工地今天也等著妳喔！快去展現妳高超的技巧吧！」

完全被達克妮絲捧到失了魂的隊長，今天也雀躍不已地前去補牆。

——在阿克婭接下補牆隊長這個既沒有任何權限，也得不到報酬，完全只是形式性的頭銜之後，很快的過了三天。

明明每天都遭到轟炸，圍著堡壘的外牆卻日益增厚，也變得更為堅固。

我覺得，那個傢伙還是乖乖吃這行飯算了。

原本氣氛有如守靈夜一般的堡壘內部也完全恢復了戰意，而且大概是因為大家左一句隊長、右一句隊長捧得阿克婭非常開心，心情大好的阿克婭將她帶來的大量酒品慷慨地和大家共享，現在的氣氛變得像是已經打了勝仗似的。

「……呃，我們一開始來到這裡的時候的那種悲愴感不知道上哪去了呢。」

「真的，我不斷煩惱又煩惱，糾結了一整晚耶，真希望有人可以賠償我。」

目送著這樣的阿克婭，兩名紅魔族的表情隱約顯得不太能夠接受。

我不是不明白妳們的心情，不過現在還是應該採取最安全的策略才對。

在我們像這樣爭取時間，同時讓堡壘變得一天比一天還要堅固的時候，會用瞬間移動魔法的魔法師們也回王都去報告現況了。

結果，知道戰況恢復到膠著狀態，甚至只要加派人員就有可能扭轉戰局之後，王都連日送來補給物資，同時就連增援的冒險者與騎士們都傳送過來了。

因為大方請酒而得到臨時部下們的愛戴，再加上大家都將堡壘的命運託付給她，現在已經完全認定自己是隊長的阿克婭，完全不把日夜轟炸堡壘的爆裂魔法放在眼裡。

最後，除了補牆和外推以外，甚至開始在外牆上畫起值得讚賞的藝術作品，表現出玩心的時候。

「沃芭克來了——！」

一個不同於以往的喊叫聲，讓我們面面相覷。

3

「——這是怎麼回事！」

沃芭克站在堡壘的正門前不住顫抖。

「妳、妳說怎麼回事是什麼意思？」

而目前大概是和她打過最多照面，說過最多話的我，在冒險者們的守候之下提心吊膽地向她搭話。

不知道是不是不喜歡我這樣的態度，沃芭克用力跺著腳說：

「牆壁啦，牆壁！我明明將堡壘的牆壁轟到瀕臨崩塌了，為什麼現在變成這樣！這樣反而變得比我來之前還要厚實了吧！」

「這個妳得跟阿克婭說才行……」

「又是那個女的幹的好事嗎！」

或許是因為差點被大洪水沖走而懷恨在心，沃芭克立刻如此反應。

就在這個時候——

「哎呀，我還以為是誰呢……呃，這不是那個誰嗎？」

「沃芭克啦！……看來，我得先在這裡和妳做個了斷才行了！……等等，奇怪？」

正當表現出一副氣定神閒的態度的阿克婭從我身後出現，惹得沃芭克槓上她的時候。

看見姍姍來遲的達克妮絲她們……不，是看見抱著點仔的惠惠和芸芸之後，沃芭克停下了原本的動作。

她的視線筆直指向點仔。

然後點仔也一樣，目不轉睛地看著沃芭克。

看著互相凝視的人與貓，阿克婭說：

「妳是怎樣，可以不要用那種眼神看點仔嗎？妳長成這樣但其實是那種喜歡可愛布偶的人嗎？妳的品味和我們家達克妮絲一樣嗎？」

「喂，阿克婭，我哪有喜歡布偶啊，才沒……！沒……！」

沒有理會好像有話想說的達克妮絲，來到我身邊的阿克婭站到點仔和沃芭克之間，擋住了視線。

「我又不是因為牠可愛才盯著牠看！不，如果要說可愛還是不可愛的話，牠是還滿可愛的……啦……？」

沃芭克說到這裡，突然又停止了原本的動作。

「吶，妳剛才說那隻黑貓叫什麼？」

「點仔啊。一開始我還覺得這是一個怪名字，不過最近開始覺得好像還不壞了。」

「喂，這個名字明明完美又帥氣，可以不要說是怪名字嗎？」

聽了阿克婭和惠惠這樣的對話……

「這是怎麼回事！」

沃芭克如此吶喊，同時往我們這邊走了過來。

但是，在看見冒險者們因為提防她而做出的動作之後，便停下腳步。

沃芭克心有不甘地看了一下在我們身後列隊的冒險者們，然後說：

「不、不好意思，我可以說句話嗎？……我想，那個孩子應該是母的才對。所以，這個名字應該不太適合吧？」

「點仔就是點仔。牠是我的使魔兼寵物，名字就叫點仔。」

「這是怎麼回事！吶，這到底是怎麼一回事啊！為什麼另外一半的我，會落入如此的窘境啊！」

聽了沃芭克這一連串莫名其妙的吶喊……

「……哦哦——我還在想，妳的神格怎麼會低成那樣呢，看來是力量有一半被這個孩子帶走了吧？喔喔……在我用澄澈清明的眼睛仔細透視之後，我看見點仔身上施加了某種看似

封印的東西呢。」

阿克婭凝視著惠惠抱在懷裡的點仔之後，如此表示。

也不知道是不是要配合這句話，點仔揮動四肢開始掙扎，試圖到沃芭克身邊去。

「啊……」

對此，沃芭克也為了尋求另外一半的自己，伸出手，緩緩接近點仔。

「喂，絕對不可以把牠交出去！惠惠，用力抱住點仔！」

「等一下！吶，那個孩子是另外一半的我啊！這是我和長年以來不斷尋覓的搭檔之間的感動重逢啊！」

聽我這麼說，沃芭克淚眼汪汪地對我泣訴。

「我不知道妳想拿我們家點仔怎麼樣，不過，妳願意為此發誓不再與我們敵對嗎？還有，妳願意放棄這座堡壘嗎？如果妳不願意接受的話，我也不能眼睜睜看著能夠讓敵人增強力量的事情發生。」

說著。

「等等，妳不可以再接近半步了喔。我並不討厭妳，所以才像這樣跟妳談判。快點，如果妳希望我們放開這個傢伙的話，妳就乖乖聽我的話發誓吧。妳好歹也是邪神，不如就賭上自己的名字，發誓說不會再與我們敵對了吧。」

我刻意露出惡毒的笑容，讓在場的所有人為之退縮。

「「「哇啊……」」」

沒想到會是冒險者們發出如此嫌惡的聲音，讓我開始覺得自己好像在做什麼非常惡毒的事情。

不對，這只是為了不被對方看穿我在虛張聲勢而演出來的……！

算了，無論這幾天才剛認識的冒險者們怎麼看我，只要夥伴們知道真正的我是怎樣的人……

「吶，我覺得那個人比較像邪神耶。妳們覺得能夠弄哭邪神的人，真的可以分類為人嗎？」

「喂，阿克婭妳別這麼說，那個傢伙一定是用自己的方式在努力談判。我們應該盡量別看現在的那個傢伙，才算是體貼。」

「和真先生太差勁了……」

……我乾脆哭出來算了。

「……今天我就先行撤退，不過你可別太得意忘形了！即使無法破壞外牆，也只是陷入膠著狀態而已。只要有這座堡壘在，我們就無法繼續進攻。可是，只要我們繼續在森林裡面

嚴陣以待，你們也很難打贏我們吧？」

沃芭克這麼說。

「既然如此就來打持久戰吧！我會繼續破壞外牆，連同牆上的塗鴉一起炸燬！」

就在她這麼說完，準備用瞬間移動回去的時候——

「請、請問！妳還記得我嗎？那個，我……我叫芸芸……」

一直和惠惠一起觀察狀況的芸芸，突然開口這麼說。

「……我還記得妳。我記得妳是那個和我一起搭馬車的女孩，我還問妳要不要和我一起旅行對吧？……姑且問一下，妳剛才說的那個名字也不是綽號對吧？」

果然，這個人不只認得我，看來也認識芸芸。

「是本名！那個……我一直沒有忘記妳那個時候邀請了我！我還在那天的日記上寫下這件事，偶爾還會翻回去看！」

「這、這樣啊。其實妳不用把這件事情看得如此重大，不過妳開心就好。」

就在沃芭克不知道該做何反應時——

「請問！」

接著，緊緊抱著點仔的惠惠，也以緊張到拔高的聲音問道：

「妳還記得我嗎？我叫惠惠……」

但是，沃芭克露出為難的微笑。

「我不記得。」

她輕聲這麼說之後，便以瞬間移動魔法消失了。

4

——堡壘裡的聚會處。

聚集在這裡的騎士與冒險者們，各個都露出雀躍不已的表情。

之前一直單方面遭受攻擊，大家在精神上和肉體上應該都已經被逼迫到極限了才對，現在卻是眼神閃閃發亮，一副心中充滿期待的樣子。

明明現在是陷入了膠著狀態才對啊。

而這樣的他們，正在注視著我的一舉一動。

在眾人的注視之下，我放聲說道：

「好，開始進行這次作戰計畫的最後一次確認！接下來，我們三個將使用潛伏技能接近敵人的陣地，接著在敵人進入魔法的射程範圍內之後施展爆裂魔法，然後用瞬間移動魔法回到這裡來！之後，我們應該會遭受敵人的反擊，所以希望各位在這座堡壘迎擊敵人！」

聽見我這麼說，冒險者們一起放聲歡呼。

沃芭克說了。

只是陷入膠著狀態而已。

不過，我們也沒道理一直乖乖挨打。

這次的作戰計畫相當單純明快，但也因此而十分有效。

畢竟，這是對方之前一直採取的戰法。

「又耍這種惹人厭的手段……算了，既然可以反擊，我也沒什麼好抱怨的就是了……」

這座堡壘裡面唯一有辦法硬接爆裂魔法的達克妮絲，以及不但能夠支援和恢復，甚至還可以修理外牆的阿克婭都留在這裡待命。

一直窩在堡壘裡的大家之前都無計可施，只能乖乖挨打，至今大概也已經吞不下這口氣了吧。

對於即將前去攻擊敵陣的我們，冒險者與騎士們紛紛開口激勵，或是拍肩鼓勵我們。

芸芸負責施展瞬間移動魔法，以及事有萬一時的戰鬥。

我負責在現場即刻做出判斷，以及施展掩護用的潛伏技能跟搜索用的感應敵人技能。

再加上負責火力輸出的惠惠，只有我們三個執行這次的反擊作戰。

——在堡壘裡的大家的目送之下，我們三個潛伏到堡壘附近綿延不絕的森林中。

敵人紮營的地點在森林裡面。

怪物原本就喜歡森林與自然，所以在這種地方紮營，長期待在這裡，牠們大概也不以為苦吧。

不過，這對我們而言也非常剛好。

因為到處都有林木茂密的地方，用了我的潛伏技能之後想怎麼躲就怎麼躲。

隨著我們越接近敵營，越能夠清楚知道對方現在是什麼狀況。

或許是因為沃芭克的攻擊即將攻陷堡壘了，敵營已經進入了宴會模式。

這時，惠惠用力拉了拉我的衣服下襬，我轉頭一看，惠惠點了一下頭。

這表示已經進入爆裂魔法的射程範圍了。

我看向芸芸，她也知道接下來要怎麼做，便握緊魔杖。

——好，該對那些傢伙展開反擊了！

5

目睹沃芭克連日的轟炸，想必讓牠們非常確定即將獲勝吧。

「『Explosion』——————！」

必殺魔法飛進魔王軍的陣營之中。

滿心以為勝券在握，正在飲酒作樂的魔王軍遭受這突如其來的攻擊，陷入一片恐慌。

飛進敵營正中央的爆裂魔法，將位於爆炸中心的怪物們一視同仁地炸飛，原地只剩下巨大的隕石坑留在現場。

「啥……啥啥、啥啊啊啊啊啊！」

「剛剛、剛才那招是什麼！是爆裂魔法嗎！」

「有敵人！敵軍來襲啦——————！」

敵營當中看起來智能比較高的直立步行怪物們驚慌失措地跳了起來，提高警覺。

然而，這時芸芸已經完成了瞬間移動魔法的詠唱。

「啊！快看那邊！就是他們，那兩個紅魔族和……」

「『Teleport』！」

發現了我們的怪物的話還沒說完，芸芸已經發動了瞬間移動魔法。

「——戰果豐碩啊！」

使用瞬間移動魔法回到堡壘的我們，才剛抵達就以大家都聽得到的聲量如此報告。

之前積累已久的鬱悶得以宣洩，在場的所有人都放聲歡呼。

四處都可以聽見「牠們活該」，或是「從堡壘的瞭望台也看得到爆炸」之類的聲音，大家都露出開心的表情。

就在這個時候。

「一如所料，敵人出動了——！」

負責瞭望的冒險者指著森林，放聲大喊。

早就預料到會這樣的大家紛紛回到崗位上，做好迎擊魔王軍的準備。

剛才的攻擊大概讓魔王軍那些傢伙非常火大吧。

牠們的眼神當中閃爍著殺氣，幾乎沒有組成像樣的陣型，大舉衝向堡壘。

接下來就不是我們負責，而是輪到有外掛的冒險者們和這個國家的騎士們上場了。

面對那麼多敵人，出去應戰的話可能很吃力，不過在堡壘裡打防衛戰的話就是對我們有利了。

演變成這種大亂鬥之後，就輪不到我出場了。

「各位武功高強的冒險者——！接下來就交給你們了！」

聽見這句話，比魔王軍還要殺氣騰騰的冒險者們發出更大的歡呼——

——在這之後……

「『Explosion』——！」

「啊啊啊啊啊啊！」

「又是那些傢伙！別讓他們逃走，抓住他們！」

「竟敢轟炸我的同事！別讓他們活著回去，圍起來圍起來！」

「『Teleport』！」

聽著包含鬼怪、惡魔等形形色色外型的魔王軍精銳的這些聲音。

——我們每天都在不同的時間前往敵營，持續發動襲擊。

「『Explosion』——！」

「食物！放食物的地方被炸掉了！」

「可惡，又來了！可以不要在起床時間跑過來襲擊嗎！」

「快叫沃芭克大人來，請大人擊退那些傢伙！」

「沃芭克大人今天已經用爆裂魔法發動過攻擊了！」

「再撐一陣子！只要再撐一陣子就可以了，只差那麼一點就可以轟爆堡壘的牆壁了！到時候我們就可以一口氣全部衝進去，結束這一切！」

「今天絕對不可以讓他們逃跑，別讓他們用瞬間移動……」

「『Teleport』！」

——不分日夜，每天都去轟爆裂魔法騷擾魔王軍。

「哇哈哈哈哈哈哈，吾正是阿克塞爾首屈一指的大魔法師，惠惠！好了，今天也要讓你們變成我的經驗值！」

「出現啦啊啊啊啊！」

「快逃，快逃啊啊啊啊啊！」

「笨蛋！不要聚集在一起！那個紅魔族專炸敵人多的地方！你們到另外一邊去啦！」

「不對，不要過去那邊！大家分散開來，越開越好……！」

「『Explosion』——————！」

到了等級不斷往上狂跳，因魔力和爆裂魔法的威力幾乎每天都向上提升而感覺到愉悅的惠惠，開始一邊發出奇怪的笑聲，一邊施展魔法的時候——

「呼哈哈哈哈哈，哇哈哈哈哈哈哈！看吧，我今天也來了！」

「好，我知道了，我投降！來，我請你吃糖！」

「我家裡還有年邁的母親！至少饒我一命吧！」

「妳不覺得紅魔族和魔族的名稱很像嗎？吶，我想我們一定可以變成朋友的啦！」

「有話好說！沒錯，我們一定能夠互相理解。你爭我鬥的未免太愚蠢了！」

「妳看，我丟掉武器了！面對毫無抵抗能力的對手，高傲的紅魔族總不可能……」

「『Explosion』——！」

敵人光是看見我們的身影——

「惠惠，轟那邊！那些傢伙看起來逃得很分散，但其實是往同一個方向逃跑！」

「我知道了！好了，你們一個都別想逃！」

「嗚哇啊啊啊啊啊啊，神明保佑神明保佑，沃芭克大人保佑啊啊啊！」

「投胎轉世之後不要當魔族了，我要當一隻貓……然後每天都讓美女飼主餵我吃飯，疼愛我……」

「這是在作夢。沒錯，等我醒來之後就像平常一樣出去散步，回到家的時候媽媽就已經用剛獵回來的嗜血牙獸煎好了肉排……」

「我我我、我是被視為魔王軍準幹部的男人喔！只要留我一命，魔王陛下一定會準備贖金……！」

「『Explosion』————————！」

——就開始哭著到處逃竄了。

「別想逃！我不會讓你們逃走的……啊啊，等等！」

「……好，夠了。我們今天就先回去吧。」

在我們開始襲擊魔王軍之後，已經過了幾天了呢？

一開始被爆裂魔法轟炸之後牠們還會反擊過來攻打堡壘，現在已經完全喪失士氣，以牠們現在的狀態，還沒捨棄這個陣營逃回魔王領反而比較奇怪。

「我已經搞不清楚哪邊才是魔王軍了……」

陪我們一起過來的芸芸這麼說，一副退避三舍的模樣。

最近，怪物們似乎光是看見惠惠就覺得逃也逃不了了，有的馬上跪地求饒，有的躺在地上閉起眼睛祈禱，表現出各種類似的反應。

我看了就覺得乾脆撤退不就好了，不過魔王軍的上下屬關係感覺好像非常嚴格。

大概是有什麼逃亡者死之類的規矩吧。

「真傷腦筋。這下子要上哪找這麼有效率的練等方式啊。」

「我姑且更正一下，我們這麼做不是為了給妳練等喔。」

這麼做的目的已經開始變調了，不過時候也差不多了吧。

所謂的魔王軍精銳部隊，在爆裂魔法的連日轟炸之下也已經毀了一半。

至於堡壘的外牆，在阿克婭指揮冒險者們不斷努力修補之下，現在反而已經變得比我們來這裡之前還要堅固了。

我覺得那個傢伙不應該當大祭司，轉而從事藝術相關或技術相關的職業，對這個世間還比較有貢獻。

做到這個程度應該已經沒問題了吧。

「好了。那麼芸芸，我們今天就先回去了吧。雖然沒辦法發爆裂魔法有點可惜，不過就等半夜牠們放心回到陣營這邊來的時候再來襲擊吧。拜託妳準備瞬間移動魔法吧。」

正當惠惠這麼說完，放下高舉的法杖扛在肩上時——

「我找你們找了好久，終於見面了呢。」

最近似乎已經放棄破壞堡壘的外牆，完全沒有攻過來的沃芭克，一臉苦澀地出現在我們面前。

6

慘了。

偏偏在這種地方，這種狀況下遇見她。

「那個人今天好像不在嘛？」

沃芭克定睛看向我，輕輕笑了一下。

「那個人」指的大概是咱們的沒用女神吧。

那個傢伙平常派不上用場，不過這個邪神似乎還滿堤防她的。

沃芭克將視線停在我和惠惠身上，瞇起黃色的眼睛說：

「你們未免鬧過頭了……我也不能再坐視不理下去了。我實在不想和曾經聊過天的人戰

鬥，不過這也是沒辦法的事情……」

「等、等一下！我也不想和妳戰鬥啊，畢竟再怎麼說我們也是一起泡過澡的關係！」

「「咦！」」

我那麼說，惹得惠惠和芸芸兩個人共鳴了。

「……在這種狀況下，我真不希望你提起那個時候的事情……」

「「咦咦！」」

現在明明是在談判的重要時刻，她們兩個也太吵了吧。

「我、我說，那兩個女孩好像對我們有什麼誤會耶……」

「也不能說是誤會吧。我們的關係不過就是一起泡過兩次澡，妳還對我說過妳覺得我不像是外人而已……」

「我是說過！我確實是說過那種話，也和你一起泡過澡沒錯！」

說著，沃芭克試圖改變氣氛，瞇起眼睛惡狠狠地瞪著我。

「最近頻繁地來襲擊我手下的孩子們的你，我已經調查過了。貝爾迪亞、巴尼爾、漢斯、席薇亞……這四個人的名字你還記得吧？」

沃芭克一一舉出我對付過的幹部們的名字。

「沃芭克小姐的耳朵變紅了。」

「閉嘴啦！」

或許是因為剛才提到泡澡什麼的讓她很害羞吧，沃芭克聽我這麼一說，不只耳朵，連臉頰也微微泛紅了。

「我確實記得他們四個……不過，我實在沒什麼意願和妳戰鬥。」

「就算你沒有意願，站在我的立場也不能坐視不管。我必須向你們討回另一半的我，而且你都已經打倒了四個幹部，簡直就像童話裡面的勇者一樣不是嗎？」

最弱職業的勇者是怎樣，我的必殺技是竊盜技能耶。

也不知道我在心裡這麼說，沃芭克繼續表示。

「而且在知道了你的名字之後，我就更不能置之不理了。你知道童話裡面的勇者叫什麼名字嗎？」

說完，沃芭克露出一臉得意洋洋的表情，表現得像是挖出我的祕密的樣子。

「……我沒聽過勇者的故事，不過可以姑且問一下他的名字嗎？」

「你很會裝傻嘛。或者因為那是很久以前的故事，所以你已經忘記了呢？童話裡的勇者名叫佐藤。沒錯，就是和你一樣的佐藤。明明有個這麼少見的姓氏，難道你想說是碰巧？」

這在我的國家是最常見的姓氏耶。

不過，這樣我就懂了。

沃芭克大概是把我當成勇者的後裔或是什麼了吧。

我想，我和那位佐藤先生，應該完全沒有關係就是了。

就在這個時候——

「請問……」

惠惠將她舉起的法杖放了下來。

「妳還是想不起來我是誰嗎？」

然後紅著臉，眼睛也閃著紅光地這麼說。

然而，沃芭克只是瞥了這樣的惠惠一眼。

「……妳再問幾次都一樣，我不記得……不過，放心吧。今後，我會好好記得妳的。記得妳這個葬送了我許多部下的敵人。」

「！」

說完，她一副不想再和我們廝混下去的樣子，開始詠唱魔法！

「等等！喂，等一下，我們不打算和妳戰鬥……！」

說到這裡，我發現對方並不是在開玩笑。

因為，她在詠唱的是——

「芸芸，快點開始詠唱瞬間移動魔法！」

「我我、我知道了，我、我馬上詠唱！」

聽到沃芭克開始詠唱爆裂魔法，芸芸連忙開始詠唱魔法。

至於惠惠，不知道是因為沃芭克說不記得她而讓她大受打擊，或者是因為別的原因，她連要詠唱魔法的跡象都沒有。

我則是在因為將事先準備的那麼多魔道具全都放在堡壘裡而感到後悔之餘，開始翻找身上有沒有什麼東西——！

找遍身上每個口袋的我，拿出塞在裡面的東西……

「『Tinder』——！」

然後對著變小的那個東西發出魔法，接著朝沃芭克丟了出去！

看見我丟向她的東西，沃芭克猶豫著該中斷魔法還是該閃躲，瞬間停止了動作。

我在看見那個東西爆炸之前，已經捉著發呆的惠惠的手，將她拉到芸芸身邊——！

「『Teleport』——！」

然後在聽見芸芸這道聲音的同時閉上了眼睛。

7

在千鈞一髮之際逃回堡壘的我們，在轉移完成的同時癱倒在地上。

「喂喂，怎麼了，和真？對了，今天的爆裂魔法傳過來的聲響未免也太小了吧？」

我們轉移來到的地方，是堡壘的聚會處裡面。

如此詢問癱坐在地上的我們的是達克妮絲。

察覺到狀況不太對勁的大家，連忙聚集到我們身邊來。

「和真，到底是怎麼了？你們的臉色都好蒼白喔，是不是被那個山寨女神欺負了啊？」

其實好像很在意平常被叫山寨女神的阿克婭，坐到我身邊來這麼說。

「我們差點就要被爆裂魔法轟炸了。我把放在口袋裡的劣化炸藥丟向沃芭克才成功逃了回來。這或許是我第一次實際感受到自己的運氣好像真的很好。」

我重重嘆了口氣，搖頭表示受夠了。

「……哦？怎麼了怎麼了？你這個小傢伙來到這裡之後也太有精神了吧。看來還是因為另外一半的自己就在附近吧？」

和達克妮絲以及阿克婭一起被留在堡壘裡的點仔，爬到癱坐在地上的我的大腿上。

如果要相信沃芭克的說詞，就表示這傢伙是半個邪神耶，今後我該如何對待牠啊？

「吶，和真，你說的劣化炸藥是指你之前製造出來的那個嗎？既然丟出那個東西的爆炸聲可以傳回這裡來，你是不是解決掉那個自稱女神了啊？」

……這麼說來，不知道後來到底怎麼了。

既然可以聽見爆炸聲，應該表示那根炸藥有爆炸吧。

不過，那個東西的威力是不差，但應該還沒有強到有辦法打倒魔王軍的幹部吧。

就在這個時候──

「──對不起。」

惠惠不知不覺間來到我身邊。

「無論是在阿克塞爾還是在這座堡壘，我都好幾次放話，說得像是自己天不怕地不怕似的，結果面對敵人的時候卻無法施展魔法，我真的很抱歉……」

說完，她目不轉睛地看著我的眼睛。

「妳和那個大姊姊是不是發生過什麼事啊？」

我隨口這麼問。

「……我說不出口。」

惠惠卻露出一臉隨時會哭出來的表情，難過地低下頭。

面對這樣的惠惠，我——

深怕自己闖下了大禍，緊張到不知所措。

慘了，我好像完全踩到地雷了。

不是啊，可是，攻擊性那麼強的惠惠會那麼猶豫，肯定是發生過什麼事嘛！

不如說根本不可能沒怎樣啊，怎麼辦，這個傢伙一副快要哭出來的樣子耶，到底該怎麼辦啊！

我對周圍的大家投以求救的眼神，但冒險者們也就算了，連阿克婭和達克妮絲也移開視線。

阿克婭姑且不論，我真不敢相信連達克妮絲也這樣。

——就在這個時候。

「喂，那好像是沃芭克耶？」

不知道是誰這麼說了。

某個從堡壘聚會處的窗戶向外看的冒險者的這句話，讓大家全部擠到窗戶旁邊。

我當然也靠近那邊，順著大家的視線看出去。

出現在那裡的，是直線朝堡壘走過來，身上到處都滲出血的沃芭克。

「那個沃芭克渾身是傷耶！」

「你叫佐藤和真對吧，真有你的……！」

「我聽阿克婭大人說了，你沒有拿到和我們一樣的好處對吧？」

看見她的模樣，冒險者們紛紛如此讚揚我，但是對我而言，這個狀況其實讓我不太舒服。

不對，就算是個美女，她還是敵人，是魔王軍幹部兼人類公敵。

沒錯，我不需要陷入自我嫌惡的情緒之中，這是所謂的正當防衛。

正當我如此糾結的時候，有人這麼說——

「吶，她看起來虛弱多了，現在應該有辦法打倒她了吧？」

聽見這句話，有外掛的那些人開始你看我，我看你。

「好，咱們上吧！魔王軍的精銳也被摧毀了一大半對吧？」

「她看起來是個漂亮的大姊姊，不過現在也不是這樣想的時候了。」

「如果想法太天真，會死的是我們。喂，能夠戰鬥的人快去準備！打倒沃芭克之後，我們直接去攻打剩下的魔王軍！」

就像這樣，以冒險者而言，事情會這麼發展也是理所當然。

在場的人幾乎都接連衝出聚會處。

其中也包括不像是想去打倒敵人，更像是愛看熱鬧的個性作祟而跟在冒險者們後面匆匆離去的阿克婭。臉色凝重的達克妮絲也是其中之一。

……就在要離開聚會處的時候，達克妮絲看了我一眼，點了一下頭。

是怎樣，這是什麼意思啊，要我想辦法處理嗎！

要我想辦法處理這個狀態下的惠惠嗎！

至於被留下來的惠惠，在聽見沃芭克來了的時候也沒有做出任何反應。

我對這種沉重的氣氛最沒轍了，因為我之前的人生根本輕於鴻毛！

正當我自顧自地不知所措的時候，還留在現場的芸芸開了口：

「那個人是魔王軍的幹部，還是邪神。」

說完，她的眼睛發出紅光，同時取出魔杖。

「那個人也是問我要不要一起旅行的大姊姊。這件事讓我很開心，還寫在日記上反覆看了好幾次，甚至為了拒絕她而後悔到好一段時間都失眠。」

聽了她突如其來的沉重獨白，我和惠惠都僵在原地，不知道該如何回應。

「可是，我們紅魔族是過去為了對抗魔王而由人類打造出來的最強魔法師團體。無論有任何緣由，都不應該和魔王軍幹部廝混在一起。」

芸芸一臉認真地繼續這麼說，不過我偶爾會看到她和巴尼爾及維茲在一起，讓我懷疑她知不知道他們兩個的真實身分。

這時，拿著魔杖的芸芸就這麼朝聚會處的出口走了過去。

「我和那個大姊姊的關係僅止於在馬車上稍微聊了一下天而已。不過，與其看著她被其他什麼都不知道的冒險者打倒，不如由我……我、我我、我親手……！」

原本一臉冷靜的芸芸說到這裡似乎已經到了極限，帶著泫然欲泣的表情開始顫抖。

即使看見芸芸這樣的反應，或許是因為剛才面對沃芭克的時候什麼動作都沒有而感到有所虧欠，惠惠還是什麼都沒說。

不知道到底在想什麼，惠惠抓住不知何時已經離開我腿上的點仔，默默抱住牠。

我知道這個傢伙和沃芭克一定有什麼淵源。

而且一定深刻到會讓她遲遲不願攻擊的程度。

而我對這樣的惠惠說：

「……妳想怎麼做？」

「……咦？」

簡直就像是想約她去哪裡玩似的。

「我不知道妳有什麼苦衷。」

對著對於這樣的我表現出困惑的惠惠說：

「妳和那個人有段過去對吧？讓她就這樣被其他人幹掉好嗎？」

簡直就像是平常找她去散步似的。

「最根本的問題是，對方戰意十足，而且要是那個人今後也會繼續鎖定點仔的話，我們的生命安全也沒有保障。所以冒險者們想要就這樣打倒沃芭克，我也不會阻止他們。」

說完，我抱走接下來想必會妨礙戰鬥的點仔，親手抱好牠。

「紅魔族就是該占盡甜頭，對吧？」

我對著不知不覺間已經抬起頭來，眼睛閃著紅光的惠惠說：

「如果妳想要親手做個了結的話，我可以幫妳喔。」

8

在眾多騎士與冒險者們的守候之下。

抱著點仔的我，和惠惠一起與沃芭克對峙。

原本那麼殺氣騰騰的冒險者們，在我說「有外掛能力的你們一直衝進度，八成不知道有間超讚的店，我可以告訴你們」之後，就把和沃芭克戰鬥的機會讓給我們了。

他們似乎並沒有浪費那些外掛，大家賺到的錢早就足以匹敵魔王軍幹部級的獎金了。

真是令人羨慕啊……

我看了一下在後面一臉有話想說的達克妮絲和阿克婭，只用視線示意要她們閉嘴。

「你真的不是勇者的後裔嗎？你剛才用的那個東西也太可怕了吧。」

渾身是血，長袍也變得破破爛爛的沃芭克語帶挖苦地這麼說。

「那是所謂的文明利器。不過，我也沒想到那個東西能對魔王軍幹部發揮那麼大的威力。為了今後著想，來大量生產那個東西好像也不錯。」

我抱著點仔，對她回以挖苦。

「吶，妳為何到了這個節骨眼還出現在堡壘啊？勝負已經很明顯了，妳不考慮就這樣撤退嗎？站在我的立場，如果妳願意放棄點仔並且發誓今後不來干涉我們的話，我也可以偷偷放妳走。」

我想，這個人一定不會接受這種條件，不過該說的事情姑且還是要說一下。

「太遺憾了。聽到你有辦法大量生產那種武器後，我就更不能讓你活下去。而且，放棄那個孩子更是辦不到的事情。因為我得拿走那個孩子的力量，否則再這樣下去我會消失。」

說完，沃芭克對我秀出變得透明的右手。

「……妳是不死者或是什麼的嗎？」

「沒禮貌。是因為我嚴重喪失了力量，再這樣下去的話，不久之後我就會被另一半的自己吸收掉了。」

另一半的自己，指的是我懷裡的這個傢伙吧？

……咦？等等……

「可以請問一下嗎？如果我把這個傢伙交給妳的話，妳要怎麼取回力量？妳會和點仔合體之類的嗎？」

沃芭克回答了我的疑問：

「不，我會親手消滅那個孩子。我掌管怠惰，那個孩子掌管暴虐。很久以前，我和那個孩子的封印偶然遭到解除的時候，那個孩子順從本能，大鬧了一場。當時，我應該奪走了牠大部分的力量，又將牠封印起來了才對……」

我不太明白，不過她的意思是會攻擊點仔或怎樣的對吧？

身為愛貓族的我既然知道是這麼回事了，就不能坐視不管。

這時，剛才沒說過半句話的惠惠開了口：

「妳和點仔的封印遭到解除的時候，附近是不是有個小女孩？一個大概五六歲的紅色眼睛小女孩。」

她緊緊握住法杖，似乎確定了什麼。

「我不記得。」

聽見沃芭克如此冷言冷語，惠惠依然目不轉睛地盯著沃芭克看。

這樣的發展好像不太妙呢。

為了設法改變話題，我又提了一次依然留在心頭的那個疑問。

「……吶，妳明明是個這麼能和我們溝通的人，為什麼會加入魔王軍啊？」

沃芭克顯得有些痛苦，深深吸了一口氣。

「想知道的話，就得先打倒我再說。」

然後露出惡作劇的微笑，同時說出和我之前問她的時候同樣的台詞。

雖然明知道會這樣，不過她還是不肯說啊。

照這樣看來，還是難免一戰了。

「我想妳應該已經知道了，我身旁的這個傢伙用的是爆裂魔法。也就是說，在了斷這一切之後，以我們的狀態已經無法彼此對話了。」

「……說的也是。這樣的話……」

沃芭克輕聲笑了一下，揚起嘴角。

「你去問魔王，他就會告訴你了。」

她痛苦地這麼說完，便單方面開始詠唱魔法。

——糟糕，我還想說她好像越來越虛弱了，原本打算多爭取一點時間的，結果被她搶先了！

我很清楚惠惠的詠唱速度。

即使她現在開始詠唱魔法，頂多也只能勉強趕上這個時間差。

這時，我看向身旁。

「……其實，妳還記得我對吧？」

惠惠輕聲如此喃喃自語，雙手握緊法杖。

見惠惠完全沒有要開始詠唱的跡象，臉色發白的我伸出手，正打算拉著她逃跑時……！

「遇見我和芸芸的時候，妳聽了她的名字之後是這麼說的。『……姑且問一下，妳剛才說的那個名字「也」不是綽號對吧？』」

但是惠惠卻翩然躲過我的手，依然沒有開始詠唱，毫不動搖地繼續對沃芭克說話。

「我有件事情一直想跟妳說，有個東西一直想給妳看。」

她對著依然朗聲詠唱著魔法的沃芭克說：

「妳教我的爆裂魔法，我已經練到比任何人都還要專精，早已不需要詠唱也能夠控制自如了。」

說完，她又輕聲說了句「謝謝」。

「『Explosion』——————！」

9

魔王軍已經毀了一半，率領牠們的幹部也已經戰敗。

照理來說應該開個熱鬧的宴會慶祝勝利才對，但是惠惠的狀況不太對勁，所以我們便匆匆辭退。

草草向堡壘裡的大家告辭之後，我們隔天便立刻踏上歸途，來到位於堡壘與王都之間的中繼地點，也就是遇見沃芭克的那間旅店之後，我現在躺在床上，枕著自己的手臂。

因為昨天發生了太多事情，我累到很想趕快泡個澡趕快睡覺，但現在是女生們在泡澡。

這裡是男女混浴，所以就算我也一起泡澡，在法律上應該也沒有任何問題才對，只是我想藉著這番說詞硬闖進去的時候，便看見有兩個人的眼睛開始發出紅光，所以就逃回來了。

……這次的戰鬥相當危險。

之前的對手還可以逃跑、閃躲之類的，有很多手段可以利用，這次則是讓我體會到面對爆裂魔法時真心感到恐懼的心情。

於是我學到一課，今後要盡量避免讓惠惠真的生氣。

我抓起回程途中一直黏在我身邊不肯離開的點仔，將牠放在我的胸前，同時不斷這麼說服自己。

……不過，到頭來，這個傢伙到底是什麼來頭啊？

結果，在那之後，沃芭克什麼都沒有說，就那麼消失了。

就算是爆裂魔法，如果是魔王軍幹部級的敵人，應該或多或少會留下一點痕跡才對。

然而，隕石坑裡面卻是一乾二淨，什麼東西也沒有。不過我也不想看見曾經交談過的大姊姊快要死掉的樣子，所以這樣也算是好事吧？

話說回來，在惠惠發出爆裂魔法的那一刻，沃芭克聽見她說謝謝的時候，我覺得她好像瞬間微笑了一下，不知道是不是我的錯覺。

真希望不是我的錯覺……

不過這隻一臉慵懶到不行的毛球，在另外一半的自己消失之後也不會不見啊？

該怎麼說呢，這次的事情發展太過突然，我要不就是跟不上進度，要不就是一堆搞不懂的事情，腦筋都開始打結了。

就在我東想西想的時候，點仔將牠的鼻頭湊了過來。

……算了，不管妳是邪神還是什麼都好。

能夠治癒我的只有妳一個了……

我摸了摸在我的胸口窩成一團的點仔，讓牠發出撒嬌的呼嚕聲。

「和真，你還醒著嗎？大家都洗好澡了喔。」

這時，有人敲了我的房門，接著響起惠惠的聲音。

「好，我再等一下就去洗——」

因為不忍心把瞇著眼睛正在呼嚕的點仔抱下去，我一面用雙手輪流摸牠，這麼回應。

結果，有人輕輕打開我的房門。

「……原來妳在這裡啊。我還想說怎麼沒看到妳，害我還找了一下。」

走進我的房間的惠惠，看見窩在我胸口的點仔，開心地瞇起眼睛。

惠惠反手關上房門，在我的床邊坐下。

「現在是我的治癒時間，別這麼快帶走這個傢伙。」

「我又不是來把這個孩子帶回去的。我是擔心牠有沒有跑到旅店外面去，既然在和真身邊我就放心了。」

這麼說完，惠惠對著趴在我身上的點仔伸出手。

然後——

「唔……喂，妳幹嘛突然這樣啊？」

惠惠一邊摸著點仔，一邊自顧自地在我身邊躺下，然後順勢靠到我身邊來。

同時，趴在我身上的點仔像是要表現出自己很識趣的樣子，從床上跳下去，躺在地板上。

惠惠沒有理會我的困惑，像是不想讓我看見她的臉孔似的，把被子拉到蓋過頭的高度，然後輕聲說：

「我今天可以在這裡和你一起睡嗎？」

這個傢伙在昨天的事情結束之後，還在堡壘時都一直自己一個人關在房間裡，現在到底是怎麼了？

也罷，惠惠和沃芭克似乎算是舊識，而惠惠用爆裂魔法轟炸了她。

我也不是不懂她的心情，可是……

「……最好是可以啦。妳現在到底在說什麼啊？我不知道妳在想些什麼，不過妳可別以為我還是之前那個遜咖喔。沒錯……我之前在這間旅店過夜的時候發過誓。下次妳或達克妮絲又半開玩笑地想要誘惑我的時候，我就會推倒妳們。」

為了避免氣氛變得太過沉悶，我半開玩笑地這麼說。

聽我這麼說，被窩裡的惠惠的眼睛瞬間閃了一下紅光。

「可以啊。不如說，我今天就是有這個打算才過來的。」

說著，她咯咯笑了起來。

……這個傢伙到底是怎麼了？

應該說，在貼得這麼緊密的狀態下，她在被窩裡吐氣的時候，那吐出來的氣息特別熱，害我的胸口都變熱了。

這是怎樣，太不妙了吧，我真的開始小鹿亂撞了起來。

應該說，這真的很不妙，這不是開玩笑的。

再這樣下去，我的下半身都要發出爆裂魔法了。

「喂，我可是青春期的健康男生喔。不要在這種狀況下開那種玩笑啦。妳懂不懂啊，所謂的男人，在碰上這種事情的時候都會會錯意。如果是沒人要的男人，光是手被女生握住就會不小心喜歡上對方，妳真的要小心。」

我以緊張到拔高的聲音，對整個人都在被窩裡面的惠惠這麼說。

結果，被窩裡的她輕輕把手伸到我背後，然後就這麼緊緊抱住我。

「我之前就明確對你說過了喔。」

在隔著棉被，看不見表情的狀態下，我聽見惠惠模糊的聲音。

「我說過，我喜歡和真。」

10

事情怎麼會變成這樣。

怎麼會突然發展得這麼快。

不，冷靜一點，惠惠果然不是平常的她，她的狀況不對勁。

可是，我又無法壓抑想要順著這個狀況隨波逐流的心情。

——應該說，我要突然來談一下我自己，我非常喜歡漫畫。

我喜歡輕小說。

我也喜歡電玩，也看動畫。

然後，在欣賞這些作品的時候，我經常都是這麼想——

為什麼那種美少女都對你發動攻勢了你還不動手？你明明就是正值青春歲月的男生吧，真是廢物。如果是我絕對會推倒她。

而現在，我正面臨這種戀愛喜劇漫畫的主角般的處境。

同時，我打從心底得到了教訓。

非常抱歉。我為自己之前這麼想而感到抱歉。

現在，棉被底下有個年紀和我相近的少女抱著我，還說喜歡我。請各位告訴我這種時候該怎麼處理好嗎？

這時，惠惠抱住我的手多用了幾分力。

她並沒有用力到會弄痛我的程度。

而是像是想要對我傳達內心的某種想法似的，死命摟著我不放。

……這是怎樣，太不妙了吧。

現在這個狀況，根本是只要拿出一點勇氣就真的可以跨越最後一道界線的狀態。

不對，什麼可以跨越，不可以真的跨越啦！

動動腦子啊，佐藤和真！好好思考啊！

這個狀況跟之前差點和達克妮絲跨越最後一道界線的時候完全不同。

那個時候，達克妮絲是下定決心要嫁給別人才打算那麼做。

然而，現在卻是兩個人在你情我願的狀況下打算越線。

我們仍然和其他隊友生活在一起，在這種狀況下，如果我和惠惠越線了會怎樣，好好想清楚啊！

太奇怪了太奇怪了，這樣真的太奇怪了。

這個傢伙的狀況絕對很奇怪！

應該說別太急躁了。

沒錯，她現在只是摟著我，又說喜歡我而已。

儘管感覺到自己的臉變得越來越燙，我仍然以拔高的聲音說：

「我、我覺得妳長大之後絕對會變成一個惡女。這種事情不可以拿來開玩笑。妳懂不懂啊？對男人們做這種事情的話，在各種層面上都會讓男人的那個變成那樣而無法忍耐喔。就會開始覺得只要現在有爽到之後會怎樣都無所謂啦——之類。幸好我是個擁有鋼鐵精神的真正男子漢，否則妳……」

正當我像這樣滔滔不絕地想要蒙混過關時。

惠惠依然窩在棉被底下沒有探出頭，對著我的胸口吐出一口熱氣。

同時，我聽見她的輕笑聲。

「……我長大之後？你在說什麼啊？」

然後，她在抱著我的手上多用了幾分力，用更輕微的聲音說：

「我都快要十五歲了。已經是個成熟的大人了喔。」

我決定什麼都不想了。

——我以右手勾住惠惠的頭，把手指伸進她冰涼的黑髮當中。

然後順勢以手指為梳，順了順她亮麗的黑髮。

這時，原本摟著我的惠惠依然頭也不抬，只是將放到我背上的手往上挪動，摸了摸我後腦杓的頭髮。

我將雙手放到惠惠的背上，抱住她嬌小的身體。

惠惠像是因為被抱住而感到安心似的，對著我的胸口呼出一口長氣。

……對這個處男來說，光是這樣就已經到達極限了。

接下來到底該怎麼辦才好呢？

拜託，誰來教教我吧。

先不慌不忙地接個吻嗎？

可惡，快回想起夢魔服務的模擬情境吧！

在如此自問自答的同時，我和惠惠依然擁抱著彼此，撫摸著彼此的頭髮。

冰涼又有點濕潤的黑髮，摸起來甚是舒服。

我悄悄將自己的頭縮進棉被裡面，在陰暗的棉被裡面把頭靠到惠惠的臉部附近。

因為是在陰暗的棉被裡面，我們應是都看不見彼此的表情。

但我因為有千里眼技能的幫助，因而能夠清楚看見惠惠的臉部輪廓。

話說回來，雖然已經隨波逐流到這個地步了，但是說真的，事情到底是為什麼會突然變成這樣啊？

我緊張到腦袋一片混亂，同時心裡又充滿了期待。
可惡，我感覺到心頭一緊，興奮的感覺完全停不下來。
我懂了，這就是戀愛嗎？
我在不知不覺間喜歡上惠惠了嗎？
這種興奮的感覺應該不是性慾。
就像這樣想著各種事情的同時，我暗自下定決心。
沒問題的，我有資產，也有房子。
和惠惠在一起應該可以發展得很好才對。
就在我這麼想的時候，惠惠再次緊緊摟住我。
因為我把頭的位置調整到附近了，被惠惠這麼一摟，她的嘴自然就靠近了我的頸項。
當然，她每次呼吸的時候，溫熱的氣息都灑在我的脖子上。
而我看準了她的唇……！

『惠惠——！惠惠妳在哪裡啊——？在嗎——？』

……我就知道橫豎都會變成這樣！

聽見阿克婭的聲音從走廊上傳來，我從棉被底下探出頭。

門外響起有人跑來跑去的腳步聲。

我一方面因為那個傢伙還是搞不清楚狀況而有點火大，同時又因此有點冷靜了下來，而稍微鬆了口氣。

嗯，要是就那樣隨波逐流的話，我一定會後悔。

今天的惠惠絕對很奇怪。

要是就這樣越線的話，和大家的關係就會從此改變。

沒錯，在為我們大家縫製護身符的時候，惠惠不就說過了。

『我很開心啊。這個護身符是一種祈願。希望大家可以一直在一起，不會少掉任何一個人……我一直都很感謝阿克婭喔，我們要一直在一起喲。』

要是越線了，或許還是能夠一直在一起吧。

可是，惠惠所期望的，一定是不會和任何人起摩擦，任何時候都能和大家聚在一起。

既然如此，這樣就對了。

連和女生好好約會的經驗都沒有的我，突然要這樣跳級只能說是時機尚早。

『阿克婭，惠惠在妳找的那邊嗎？』

聽著達克妮絲的聲音從門外傳來。

同時，我試圖起身，這才發現到一件事。

惠惠一直摟著我，沒有放手。

……奇怪？

大家都在外面找妳，難道妳要就這樣繼續下去嗎？

「惠、惠惠，阿克婭和達克妮絲她們……現、現在不是做這種事情的時候吧？」

在只有頭露在棉被外面的狀態下，我若無其事地這麼說。

然而，惠惠依然默默抱著我，沒有放手。

『我想，惠惠一定是想一個人靜一靜吧。因為她好像和我一樣，和那個叫沃芭克的人有些緣分……』

芸芸的聲音從門外傳來。

『這樣啊……也罷，她應該沒有離開旅店吧。阿克婭，我們先睡吧。』

『咦咦——我想玩四人玩的卡牌遊戲耶……』

但我和惠惠早已聽不到在門外進行的那些對話，在棉被裡面緊緊貼在一起。

我們雙方都沒有突然觸及敏感部位的勇氣，現在只是撫摸著彼此的背。

不過，既然都已經發展到這個地步，事到如今我也停不下來了。

隊友間的關係？

大家一起待在豪宅裡的時候會尷尬？

我才管不了那麼多。

對了，在接吻幹嘛的之前，好像應該先說那句話才對吧？

惠惠都說過喜歡我了，我也該對她說點甜言蜜語才可以。

「惠、惠惠。該怎麼說呢，妳說妳喜歡我對吧。就是……我覺得，我也喜歡惠惠！」

這樣就完成了！

接下來只要一路衝到底就可以了。

正當我意氣風發地打算更進一步時，惠惠她……

「……真的嗎？你是喜歡我的哪一點啊？」

忽然，她抬起一直低著的頭，露出有點期待的表情看著我。

不擅長把妹的處男，實在不應該隨便亂說話。

「……這、這個嘛，就是……爆裂魔法之類……」

「不知道怎麼辦的時候總之先稱讚爆裂魔法再說。你不覺得這樣很隨便嗎？」

惠惠犀利地吐嘈了我這句話。

可惡，果然不應該做那種平常沒在做的事情，我搞砸了。

為什麼我老是在這種時候破壞氣氛呢？

或許我是中了什麼一輩子都是處男的詛咒。

然而，原本以為已經受不了我的惠惠，再次把臉埋進我的胸膛，咯咯嬌笑了起來。

「我就是喜歡和真這麼隨便。你很明白自己的斤兩，即使碰上強敵也不會刻意要帥想要保護女生，躲到達克妮絲後面去也不會覺得怎樣。同時，既沒有膽量弄髒自己的手去做真正的壞事，也不是什麼正義使者。在沒有人看到的時候偶爾會做壞事，心情好的時候也會做善事，和真就是這麼一個既非善亦非惡，不上不下的普通人。」

……奇怪，這是在誇獎我嗎？

「負債的時候就會辛勤工作，一旦手頭寬裕了馬上就不工作。視當天的心情，有時溫柔待人，有時又會刁難人。原本還以為很重視隊友，卻又會不以為意地和別人交換隊友。有時候讓人覺得你很會臨機應變，相當聰明，但有時候又讓人覺得你怎麼會笨到做出那種事情來……」

嗯，這肯定不是在誇獎我吧。

看見我聽著聽著表情變得越來越微妙，惠惠發自內心深處笑了出來。

「然後，老是在口頭上抱怨個沒完，卻還是願意幫助大家，其實心地善良卻很彆扭，我最喜歡這樣的你了。在緊要關頭就會搞笑，還有像現在這樣。帥氣不太起來，在重要時刻容易出紕漏，我就是喜歡這樣的你。」

她笑著這麼說，同時將放在我的背上的手挪到脖子後面。

在透過窗戶而顯得朦朧的星光照耀之下，惠惠閉上了眼睛。

我自然而然地被那張由微弱的星光打亮的臉龐吸了過去。

這樣好嗎？

這樣應該可以直接衝了吧。

沒錯，這裡是異世界。

以我的年齡在日本還是個學生，不過這個世界的平均壽命也不長，我們在這裡已經是獨當一面的成年人了。

我當然不用說，惠惠也已經是可以結婚的歲數了。

沒問題，我會負責。

就在我下定決心，把臉湊過去的時候——

閉著眼睛的惠惠的眼角，流出一顆小小的淚珠。

「唔……喂，妳是不是在勉強自己啊？妳真的喜歡我嗎？應該說，妳如果覺得這樣真的跳太快了，我也是個紳士，要我等妳多久都可以！再說了，我可是個在很多方面都相當游刃有餘的男人，無論是在金錢上還是在經驗上都是！」

看見惠惠突然落淚而動搖不已的我，滔滔不絕地快速說了一大堆莫名其妙的話。

因為我這樣的反應，惠惠這才發現自己落淚了。

「啊！不、不是啦，這是……！」

惠惠連忙起身，以手指擦去眼角的淚水。

看見這樣的她，我終於冷靜了下來。

「……這麼說來，妳今天晚上怎麼會突然跑來找我我啊？」

然後問了惠惠這個早就該問的問題。

11

我枕著自己的雙手仰躺，看著天花板。

「那是我差不多還是米米那個歲數的時候……」

在我的身邊，惠惠將自己的雙手放在肚子上，同樣仰躺著，不斷說著這樣的獨白。

「紅魔之里的邪神封印。有一天，我解開了那個之後，故事就開始了。」

這是有關年紀還小的惠惠，把邪神沃芭克的封印當成玩具玩，然後解開了的故事。

突然，漆黑的巨大魔獸現身了。

也就是力量遭到封印之前的點仔襲擊了惠惠。

那個時候，使用爆裂魔法救了惠惠的，似乎就是那個沃芭克。

小時候第一次看見的爆裂魔法在惠惠心裡留下鮮明的印象。當時，她就決定了自己的夢想。

那個大姊姊真是有夠會找麻煩。

終於，經過了長久的歲月之後，惠惠學會了爆裂魔法。

學會了魔法，被認可為獨當一面的紅魔族之後，惠惠為了答謝當時救了她的人……

同時，也為了向恩人報告自己學會了恩人教她的爆裂魔法，而決定踏上旅途，尋找那個恩人。

然而——

「我真是個忘恩負義到了極點的人。居然親手加害救了自己的恩人。」

在黑暗之中，惠惠的獨白沒有停歇。

深陷在自責的情緒之中的惠惠，看起來非常脆弱，簡直就像是隨時會消失似的。

「……我有告訴過妳，我在自己的故鄉時，是個足不出戶的尼特嗎？」

聽我突然說出這種話，惠惠不經意地轉過頭來。

「有啊，這件事我聽過好幾次了。那又……」

惠惠的話還沒說完。

「事關忘恩負義的話，任何人都比不上我。因為父母付了昂貴的學費讓我去上私立高中，我卻幾乎沒去過學校。一開始只是稍微曠課而已。因為週末兩天都熬夜打電動，結果星期一想睡到覺得很憂鬱。所以，我就利用父母都在上班這一點，偷偷翹課待在家裡。」

我決定將之前從來沒要對任何人說過的燦爛經歷告訴她。

「一開始，我原本只打算休息一天。後來，變成差不多每個月就會這樣翹一天課，又變成每個星期一都曠課。最後，當我回過神來，才發現自己已經完全不去學校了。」

仔細想想，這樣真的很鬼扯。

我原本下定決心要在國中畢業之後就要脫離繭居族的行列，卻也沒能實現。

早上假裝去上學，然後抓準父母都出門上班去了之後再次回到家裡。然後再打電話到學校去隨便胡扯些理由，翹課在家打電動。

終於，學校聯絡了家長，導致這件事曝光之後，無論父母說什麼都說服不了我，沒多久之後，我就變回自甘墮落的繭居族了。

「妳說自己是個忘恩負義的人，但是一開始解除沃芭克的封印的也是妳對吧？然後，沃芭克的另外半個自己攻擊妳，於是她救了妳，還教妳魔法。這樣根本是自導自演好嗎。我認識的小混混冒險者也經常用這招。」

我對愣住的惠惠說：

「妳是幫她解除封印的恩人，而她阻止了突然攻擊妳的另外半個她。這是理所當然的事情，根本不算是對妳有恩……如果妳為這種事情而苦惱的話，我又該拿什麼臉去見我的父母啊？」

不過，就算想見，我也已經見不到我的父母就是了。

「所以……該怎麼說呢。說到忘恩負義度的話，沒有人能夠和我並駕齊驅。然而卻看到沒必要苦惱的妳悶悶不樂的話，這種時候只會讓我覺得自己根本是個誇張到不行的渾球。所以，就是……」

我自己也不知道自己在說什麼，卻還是不斷像這樣找話說。這時，原本乖乖聽著的惠惠忍不住對這樣的我「噗」地笑了聲。

她接著把臉埋進我的胸膛，不停抖動肩膀，憋笑了好一陣子。

「……妳是怎樣？我好歹也是在用自己的方式想要安慰妳耶，妳現在是怎樣？我明明連這麼丟臉的過去都告訴妳了，妳還真的是個忘恩負義的傢伙啊！」

「不好意思，我不是把和真當成笑話啦。只是覺得，你的父母有這樣的兒子真的很可憐，又覺得你一臉認真地用這麼奇怪的方式安慰我真的很好笑。」

這個混帳！

「抱歉喔，我不應該做這種不擅長的事情啦！妳搞清楚喔，妳把自己弄得好像是個悲劇女主角的模樣，但最可憐的是我喔！妳只是為了療癒自己的心傷就自暴自棄地跑來我的房間，有沒有想過我的心情啊？」

我嘀嘀咕咕地抱怨個沒完，肩膀依然在抖動的惠惠擦了擦眼淚，對這樣的我說：

「不然，我們現在開始繼續啊？」

「我我我、我才不要！雖然外面說我是垃圾真、人渣真之類的，用沒憑沒據的蔑稱詆毀我，但是我才沒有垃圾到會在人家正脆弱的時候趁虛而入呢！」

聽我如此逞強，惠惠似乎找回了自己的步調，咯咯嬌笑了一下。

「這樣啊。那還真是可惜。」

她看起來一點也沒有感到可惜的樣子，在黑暗之中帶著發光的紅眼對我這麼說。

「……這樣說好了，等到妳的心中完全沒有對那個大姊姊的歉疚，純粹只是想和我做那檔子事的時候，我也沒有任何理由拒絕就是了。」

正當我覺得自己說不定錯失了良機，而說出這種為時已晚的補充時，惠惠的肩膀抖得更大力了。

「這樣啊。那麼，等那個時候到來，我會再來你的房間玩。」

說完，她露出心結已解的笑容。

在惠惠說過「謝謝你讓我覺得舒暢多了」，並離開房間之後——

不但一點也不舒暢，反而還越來越亢奮的我，在棉被裡面一直滾來滾去。

「啊啊啊啊啊啊啊啊！我錯失良機了，還說了超丟臉的事情！嗚哇啊啊啊啊啊啊啊啊啊啊啊啊啊啊啊啊！」

12

因為實在是睡不著，我決定去冷卻一下過於興奮的腦袋。

去浴場沖個冷水澡好了。

老實說我現在超後悔的，但又覺得幸好自己沒有被一時的情緒沖昏頭。

是說，照剛才的發展來說，我和惠惠算是開始交往了嗎？

該怎麼說呢，畢竟我也說了類似喜歡她的話。

不過，既然想到和她交往會讓我覺得這樣也不錯，看來我比自己認為的還要對她有好感吧。

……咦？我從今天開始就是有女友階級了嗎？

喂喂，我真的要變成現充了嗎！

「不不不，冷靜一點。惠惠的狀況從昨天開始就很奇怪。所以還是看惠惠明天的態度再決定吧。」

來到更衣室的我如此自言自語，試圖讓自己冷靜下來時……

「……妳在幹嘛啊？」

「喵——」

看見不知不覺間黏在我腳邊跟過來的點仔，我忍不住對牠說話。

我還想說牠剛才很識相很乖呢，現在又是怎麼了？

也罷，這個傢伙那麼討厭洗澡，應該不會跟進浴場……

「……這裡面是妳最討厭的洗澡的地方喔，妳敢進來嗎？」

我低頭盯著毫不顧慮地跟在我身後的點仔，坐在椅子上扭開水龍頭。

沖著冷水澡，我想著今後該怎麼辦。

總之，明天起先裝作什麼事情都沒發生過好了。

如果她先主動對我做出一些積極的肢體接觸，再當作是沒問題吧。

我都覺得這樣做的自己真是窩囊到無可救藥，不過這確實是個折衷方案。

沖冷水沖了好一陣子之後，我在覺得冷靜下來的同時也感到有點著涼，便走進浴池。

還是泡個澡快點去睡吧……

「……妳想進來嗎？」

「喵——」

看著把腳搭在浴池邊緣，一副很想泡進來的樣子的點仔，我再因為牠和平常不太一樣而感到狐疑之餘，幫牠在洗臉盆裡裝了熱水。

「妳進浴池來會溺水，所以在這裡面將就一下吧。」

說著，我把洗臉盆放下去之後，點仔先是輕輕伸腳試了一下溫度，然後整隻泡進裡面，縮成一團。

……這隻貓是怎樣啊？

不對，好吧，牠其實不是貓就是了。

我不知道牠為什麼會突然喜歡洗澡，不過保持清潔是好事。

忽然，我覺得這樣有點像那個大姊姊，便不經意地說：

「沃芭克小姐，妳對水溫還滿意嗎？」

在我提到沃芭克這個名字的瞬間，點仔的一邊耳朵抖了一下。

…………

是碰巧嗎？

還是點仔終於要擬人化了？

難不成把這個傢伙養大之後，就會變成那個大姊姊嗎？

「……不可能吧。」

我把肩膀以下都泡進熱水裡之後，望著瞇起眼睛，看起來很舒服的點仔。

「……奇怪？這麼說來，妳這個傢伙之前明明完全沒有成長，現在我怎麼覺得妳好像長大了一點啊？」

我太衝動了。

就算和我一直在尋找的那個人以那種方式分開好了，我怎麼會憑著一時的衝勁做出那種事情來呢？

今天開始我應該用怎樣的表情面對他呢？

應該說，既然他也說喜歡我了，那我們已經算是一對情侶了嗎？

是不是應該調整一下說話方式和態度——

「呼啊——早安——！」

讓我如此煩惱的元凶一副非常想睡的樣子，一邊打呵欠，一邊緩慢地走出房門。

睡覺的時候壓亂的頭髮也沒有好好整理，已經收拾好行李的和真開了口：

「芸芸，我們還是用瞬間移動魔法回去吧。」

……我們原本可以瞬間從堡壘回到阿克塞爾去的，結果卻說什麼難得出一趟遠門，回程也想泡溫泉放鬆一下的明明就是這個人。

「我是無所謂，不過和真先生怎麼會突然這麼說呢？」

被芸芸這麼一問，他馬上出現了可疑的反應。

「沒沒、沒什麼啊。沒有啦，只是覺得開始想念阿克塞爾了。」

對於口是心非地這麼說的和真。

「也對，我也好想趕快回去看爵爾帝！今天就趕快回去，開個討伐邪神慰勞派對吧！」

大概無論是什麼理由都好，只是想和大家一起熱鬧一下的阿克婭這麼說。

「說的也是，這次的事情確實值得引以為傲。因為這次不是像之前那樣迫於情勢而打倒魔王軍的幹部，是我們主動前去討伐，而且真的打倒敵人了。」

鎧甲在這次的遠征當中遭到破壞的達克妮絲挺起胸膛，似乎感到相當驕傲。

不過——

「可是，老實說，妳這次沒派上用場喔。」

「咦！」

她馬上就被和真這麼吐嘈，眼中瞬間積滿淚水。

「吶，芸芸。妳也要在我們家過夜對吧？不管，就算妳說不要，我也不會放妳走。」

「咦！啊，我、我嗎？呃，這個嘛……如果各位願意讓我參加，我當然很樂意……！」

就像這樣，眾人之間瀰漫著今晚要辦宴會的氣氛時，和真說：

「啊，我今天要外宿。」

又不是阿克婭，為什麼會說出這種不識相的話呢？

「說要外宿，你到底又想上哪去啦？應該說，你偶爾會跑去別的地方玩，那種時候你都在做什麼啊？」

「咦？這這這這個嘛妳在問什麼啊哎呀那應該算是男人們的聚會吧！」

看見舉止可疑的和真，紅魔族的直覺對我發出警訊。

「男人們的聚會啊。那麼，把那些人也叫來不就可以了？既然都要開派對了，人當然是越多越好吧。」

「咦！」

看見和真露出一臉世界末日降臨的表情，我更確定自己的直覺是正確的。

我不知道會做到什麼地步，反正一定是去做些猥褻的事情吧。

見和真雙肩一垮，我走到他身邊，拍了拍他的背。

「別這樣嘛。和真這次那麼努力，今晚我們大家都幫你斟酒就是了。」

「妳這個傢伙知不知道我到底是為什麼要外宿啊？」

和真憤恨不平的這麼說，但我不知道他在說什麼。

「這種事情我怎麼會知道。應該說，你今天晚上原本想去哪裡啊？」

「咖啡廳啦，咖啡廳。營業到早上的咖啡廳。」

營業到早上的咖啡廳？

這樣的店，在阿克塞爾只有一間。

我記得那間店的店員全都是年輕又魅力十足的大姊姊……

「……這個男人是怎樣？昨天晚上才發生過那種事情耶，神經未免也太大條了吧。」

「嗯？妳怎麼啦，惠惠？眼睛紅成這樣，到底在亢奮什麼啊？是不是想起昨天晚上的事情了？」

這個男人！

……不，我們確實是對彼此說過喜歡了沒錯，但是現在還沒確認我們到底升格成為情侶關係了沒。

既然如此，我現在還沒有資格生氣。

「……那間店裡面全部都是性感的大姊姊對吧。怎麼？和真喜歡的類型就是那樣嗎？」

「怎麼，妳知道那間店啊？這個嘛，該說是喜歡的類型嗎，那樣算不算啊？」

對於這個不乾不脆的答案，我說：

「……姑且問一下，和真喜歡什麼類型的人啊？」

「我喜歡的類型？嗯——我沒有仔細想過這種事情耶……勉強要說的話，大概是一頭長直髮，胸部又大，又很縱容我的人吧。」

聽見他不以為意地說出這種話，讓我心想自己怎麼會喜歡上這種男人，害我真的煩惱了起來。

正常來說，昨天才發生過那種事情，這種時候應該稍微提一下我的特徵才對吧。

「咦，妳幹嘛嘆氣啊？聽說這樣會讓幸運的數值變低喔。」

我覺得就是因為這樣，他才會一直都沒人要吧，不過算了。

喜歡上這種怪胎的人有我一個就夠了。

「各位，瞬間移動的準備完成了。」

聽芸芸這麼說，收拾好行李的大家聚集在一起。

「很好——雖然不知道她的懸賞金有多少，不過就拿這次即將到手的獎金連續外宿個幾天好了！」

我不知道他外宿那麼多天想做什麼，不過反正一定又是做些不正經的事情吧。

在這麼想的同時……

「『Teleport』！」

——我下定決心，要把頭髮留長。

──敬啟者，兄長大人──

事情發生在回到阿克塞爾之後，過了一個星期的某一天。

我把盤子放在大廳的地板上餵點仔吃東西時，惠惠說：

「……和真，你給點仔太多食物了吧？你太寵牠的話，傷腦筋的是我耶。」

「可是，無論我餵多少東西給這個傢伙，牠都會吃嘛。妳要多吃一點，快點長大喔。」

然後等到妳變成那個大姊姊的那一天，希望我們可以繼續好好相處。

還有，也希望妳可以原諒對妳施展爆裂魔法的惠惠。

「……我搞不太懂是怎麼回事，不過這裡有封給和真的信喔。」

有人寄信給我？

「是說龍蛋上架了的信吧？我買了爵爾帝之後，幾乎每天都有人寄那種信給我。」

據說，人一旦碰上詐騙，就會有同樣的詐騙業者聚集到那個人住的地方。

「聽到有人寄信給你就讓我只有不祥的預感。信在哪裡？我來看看。」

「是這封……是說，我覺得好像在哪裡看過這個信封耶。」

說著，惠惠把寄給我的信拿給達克妮絲看……

而達克妮絲一看見那封信，就一把搶過去，收進胸前。

「……喂，妳幹嘛這樣對待別人的信啊？」

「……阿克婭說的沒錯，是通知龍蛋上架的信。」

「我就知道！太好了，和真，寄給我的信上面是這樣寫的喔——『能夠收到這封信的，只有值得擁有龍，潛力十足的冒險者』！」

姑且不管阿克婭的閒扯，我對移開視線，藏起信件的達克妮絲說：

「喂，讓我看那封信。」

「我拒絕。」

達克妮絲如此秒答，抱著那封信，像是在保護肚子裡的孩子似的弓起身子。

看見她這麼做，我立刻想到寄件人是誰了。

因為，之前達克妮絲也出現過類似這樣的舉動。

「是愛麗絲吧！那封信是愛麗絲寄給我的對吧！」

「你怎麼知道！不、不對，你錯了，這是——！」

達克妮絲似乎還想找話說，但我毫不顧慮地把手伸進她的胸前。

「呀啊啊啊啊！」

「看吧，我就知道！果然是愛麗絲寄給我的信！」

信被搶走之後，達克妮絲摀著胸口蹲了下去。

當她小看我，以為把信藏在那裡就不會被拿走的那一刻，便是氣數已盡。

我已經脫胎換骨，成為一個不會顧慮任何事情的男人了。

從達克妮絲那裡搶回信件的我，在對於這小小的勝利感到滿足的同時，看著那封信。

我拆開印有王家家紋的信封，展開信紙──

『敬啟者，兄長大人。聽說，您最近在王都附近的堡壘大放異彩。看來您還是一點都沒變，不禁讓我有點擔心──』

光是開頭的幾行就讓我心頭一暖的那封信──

『也因此，兄長大人如今已經是這個國家最具盛名的冒險者之一，所以我有一件事情想要委託您。』

就因為寫在最後的那一行字──

『其實是這樣的，近期內，我將和我的未婚夫，也就是鄰國的王子見面，誠摯希望您能夠在路上保護我的安全──』

被我親手撕成兩半。

後記

太棒啦啊啊啊啊啊啊啊，動畫版第二季啊啊啊啊啊啊啊！

我是像這樣在半夜太過開心而接獲鄰居抱怨的暁 なつめ。

感謝您購買這本第九集。

如同開頭第一句所示，《為美好的世界獻上祝福！》決定製作動畫版第二季了。

這完全要歸功於支持本作的各位讀者，以及各位優秀的工作人員。

謝謝各位，謝謝各位！

然後，值得高興的消息不只動畫版第二季，還有《為美好的世界獻上爆焰！》也要在《月刊COMIC ALIVE》上漫畫化了。

負責漫畫版的是森野カスミ老師！

連同正在《DRAGON AGE》上連載的本篇，敬請各位期待這部漫畫版。

或許是受到電視動畫版的影響，最近我收到的粉絲信的數量變多了，我每天晚上對著放信的箱子祈禱的時間也越來越長。

感覺應該會有人叫我別做那種事情了趕快寫作，不過這也是召喚優良題材降臨到腦內的重要儀式，所以即使有人抗議，我今後也會繼續這麼做。

這一集的惠惠真的「很惠」，不過我想今後還是會盡量控制卿卿我我的恩愛成分。

不是因為自以為走的是硬派路線，純粹只是作者的技巧問題。

我會繼續精益求精，希望今後也能夠在挑戰各種不擅長的要素的同時，繼續為各位獻上片刻的歡笑。

如此這般，這次也多虧了三嶋くろね老師、S責編，以及眾多相關工作人員。感謝以上各位，本書才能夠順利出版。

同時，還是要向拿起本書的所有讀者，致上最深刻的感謝！

暁なつめ

-Atogaki-
感謝各位購買第九集！
這次真的是讓人從頭到尾
都對惠惠心動不已的一集呢……！
好羨慕和真先生啊……！
多虧了支持本作的各位讀者，
不只是動畫版決定要製作第二季，
惠惠外傳的漫畫版也要開始了！
一想到《美好世界》的世界還會繼續延伸
就讓我感到非常興奮——！
三嶋くろね

NEXT

呀啊啊啊啊啊啊啊啊啊啊啊啊啊啊！

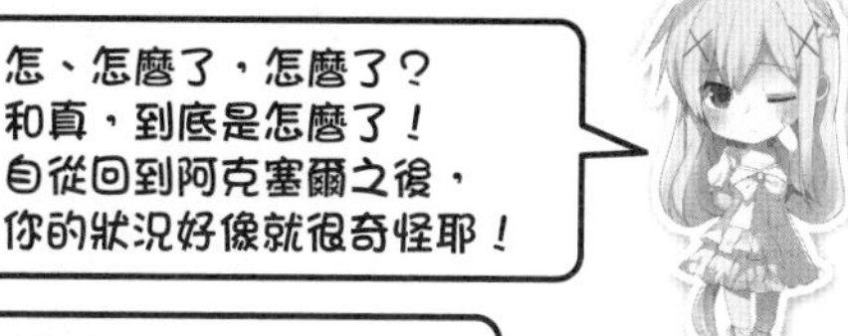

怎、怎麼了，怎麼了？
和真，到底是怎麼了！
自從回到阿克塞爾之後，
你的狀況好像就很奇怪耶！

和真平常就很奇怪了，
不過這次真的特別奇怪耶。
要不要對他的腦袋施展恢復魔法啊？

……

啊啊啊啊啊啊啊啊！呼啊啊啊啊啊啊啊啊！
嗚呀啊啊啊啊啊啊啊啊啊啊啊！

……吶，阿克婭，還是讓和真稍微休息一下吧。
再怎麼說，他又打倒了一個魔王軍幹部。
他的表現之活躍，已經差不多足以得到勇者稱號的程度了！

我覺得他的症狀相當嚴重耶。
光是讓他稍微休息一下大概也好不了。

……和、和真。那個，那天晚上的事情你不用放在心上喔。
該怎麼說呢，雖然發生了很多事情，
但你突然有這麼劇烈的反應，讓我也覺得很害羞……

那種小事我一開始就沒放在心上啦！重點是這封信！
上面說我的寶貝妹妹要被某國的登徒子搶走了啊！
面對這種事情我哪能默不作聲啊啊啊啊啊！

這個混帳男人!!!!

COMING SOON!!

為美好的世界獻上祝福！10

為美好的世界獻上祝福！外傳
暁なつめ
illustration 三嶋くろね
為美好的世界獻上爆焰！
好評大熱賣!!
《為美好的世界獻上祝福！》惠惠視角的衍生外傳登場！
「——請妳教我剛才的魔法。」
在此即將揭開紅魔族首屈一指的天才魔法師惠惠
一日一爆裂的真相……！
小説家になろう
出自「成為小說家吧」網站

國家圖書館出版品預行編目資料

為美好的世界獻上祝福!. 9, 紅之宿命 / 暁なつめ
作 ; kazano譯.
-- 初版. -- 臺北市 : 臺灣角川, 2017.03
面 ; 公分
譯自 : この素晴らしい世界に祝福を!. 9, 紅の宿命
ISBN 978-986-473-561-7(平裝)

861.57 106000994

為美好的世界獻上祝福！ 9
紅之宿命

（原著名：この素晴らしい世界に祝福を！ 9 紅の宿命）

2017年3月9日　初版第1刷發行
2024年3月22日　初版第11刷發行

作者：暁なつめ
插畫：三嶋くろね
譯者：kazano

發行人：台灣角川股份有限公司
總監：呂慧君
總編輯：蔡佩芬
主編：林秀儒
副主編：楊鎮遠
設計指導：陳晞叡
印務：李明修（主任）、張加恩（主任）、張凱棋

發行所：台灣角川股份有限公司
地址：104台北市中山區松江路223號3樓
電話：（02）2515-3000
傳真：（02）2515-0033
網址：www.kadokawa.com.tw
劃撥帳戶：台灣角川股份有限公司
劃撥帳號：19487412
法律顧問：有澤法律事務所
製版：尚騰印刷事業有限公司
ISBN：978-986-473-561-7